倒れるときは前のめり　ふたたび

角川文庫
23211

目次

■日々の出会いとご縁を大事に

■この本のこと、知ってほしい

■ネット時代の言葉の力

■神戸の「ツリー」に思うこと

■インタビュー・セッション

■特別収録小説

＊初出一覧は巻末に記載しています。
＊本文中の「振り返って一言」は、単行本刊行時の書き下ろしです。

日々の出会いとご縁を大事に

二〇一九年の抱負「ご縁を大事に」 ペンネーム変えます

二〇一九年最初のコラムは、抱負をいくつか書きたい。

去年、いろんなご縁を大事にしようとがんばって動いていたのだが、そんな中ふるさとの幼なじみと楽しくお茶をのむ機会を得た。幼なじみが聞かせてくれた息子さん（仮に陽《よう》ちゃんとする）のお話をまずしよう。私が赤ちゃんのとき会った陽ちゃんは、もうすぐ中学生だが、とてもいい子に育っているらしい。

陽ちゃんは弱虫を直すために空手を習っているのだが（幼なじみは陽ちゃんの泣き虫が心配らしい）、空手の先生にこう言われたそうだ。

「陽ちゃん。どこで空手をやるかじゃない。どう空手をやるかが大事なんだぞ」

そして私は陽ちゃんが初めて一回戦を勝った空手の試合の動画を見せてもらった。三本勝負。幼なじみが必死で「そこだ」「いけ」「がんばれ」などと応援しながら携帯カメラで撮っている。幼なじみは、陽ちゃんが勝てるときに遠慮して引いてしまうのがもどかしい。

陽ちゃんは、防戦一方だった。相手のいかにも空手が強そうな小柄な男の子に一方的にやられている。でも、有効打はもらっていない。私の目には、がんばっているけど逃げ腰だし負けちゃいそうだな、と見えた。

二本目、一方的だった相手の子がバテはじめ、動きが乱れた。陽ちゃんは一本目と同じように、静かに淡々と防ぎ、ポイントを稼いでいる。陽ちゃんは体力を残している。

三本目、陽ちゃんは自分の取ったポイントを守って最後まで防ぎ、判定で勝った。静かに勝った。最初は静かに逃げ回っているだけに見えたのに！　相手の子は悔しくて泣いている。

弱虫を心配して空手を始めさせた幼なじみだが、何も心配することなどない。陽ちゃんはこれから試合に一度も勝てなくても、もう弱虫ではない。

守って静かに勝つのは一番難しいのに、その強さをもう手に入れたのだから。

大切なものを守るためには、どうしても戦わなくてはならないときがある。たとえ相手が泣いてもだ。そして、勝つためには、自分の痛みをこらえる強さが必要だ。

陽ちゃんは、弱虫だったのではなく、優しかったのだ。だから、相手を責められなくていつも泣いていたのだ。でも、これからは、どうしても戦わなくてはならないときは、静かに戦い、静かに勝って、理不尽な世の中でそのときどきの大切なものを守るだろう。

そんな陽ちゃんは、最近、「お母さんのともだちのひろちゃん」が「有川浩」だと知り、大混乱らしい。「有川浩って、あの映画とかドラマになってる有川浩？」「浩って男のひとじゃないの？」「ひろちゃんってどんなひと？」どうしても有川浩とひろちゃんがつながらないようだ。でも、私の正体を「お母さんのともだち！」とべらべら喋《しゃべ》ったりはしない。

幼なじみのしつけがすばらしいのだろう。幼なじみは「講演してくれるように頼んでくれよ」と何度も言ってくる同窓生などを、「わたしはひろちゃんのマネージャーやないからそういう話は伝えられん」とずっと静かに押し戻し、わたしをわずらわしさから守ってくれている。いやいや、この母と息子はそっくりだ。そっくりの粘り強い静かな強さを持っている。

有川浩とひろちゃんがむすびつかない陽ちゃんは、控えめに私にお願いをしてくるようになった。

「有川浩さんがねえ、つまりお母さんのおともだちのひろちゃんがねえ、ぼくを主人公にして空手の本を書いてくれたらいいな」

何てつつましい願いだろう。

陽ちゃん、私は陽ちゃんの本は書いてあげられないけど、陽ちゃんのお話は書いてあげたい。だから、今年の抱負として、短いけど、この文章を書いたよ。

有川浩がひろちゃんということに驚いている君は、喜んでくれるかな？

私は、この文章の中に、私の大事なものをたくさん詰め込んでいます。

君の驚きは、むかし新井素子さんを初めて読んで、「お話を書くというお仕事があるんだ！」と驚いた私に似ています。お話を書く遊びが、はじめて職業として意識された、君と同じ年頃の私に。

ご縁を大事にするようにがんばったら、むかしの私と似ている君に会えた。

だから、このお話を私の今年の抱負にします。

すべては無理だが、できるだけご縁を大事にできるようにがんばろう。

ご縁を大事にすることでしか、夢を手に入れることはできない。頭では分かっていたのに、私は何てたくさんのご縁を粗末にしてきたんだろう。

反省しつつ、私はささやかな夢のために、ご縁をできるだけ大事にすることをがんばろう。陽ちゃんの先生の言葉が、私にも今、勇気の音のようにりんりんと響いている。

「どこで小説を書くかじゃない。どう小説を書くかだ」

ありがとう。陽ちゃん、君が教えてくれたことだよ。

その抱負をくれた君が大混乱しているので、私は今年からペンネームを「有川ひろ」にしてみようと思います。

ペンネームを少しだけ変えるのが、今年の私の抱負のしるしです。

©ほしのゆみ

君がよろこんでくれますように。ありったけの愛をこめて、二〇一九年の抱負とします。

（2019年2月）

［振り返って一言］ ペンネームがちょっと変わったのはこんなような次第でしたが、もう一つ背中を押された件があります。ペンネームを変えようか迷っていたとき、夫がスマホでぺぺと字画を調べてくれたのですが、ひらがなにしたほうが運勢が良くなるという結果が。ネットの無料サービスではありますが、せっかくいい結果が出たので験《げん》を担いでみることに。調べてくれた気持ちもありがたいしね。

「予想外」がいっぱい　生身の人間の思い入れ溢れた〝リアル書店〟

先日、佐藤さとるさんから引き継いだコロボックル物語の新作として『だれもが知ってる小さな国』を上梓《じょうし》し、書店回りをさせていただいた。

書店回りというのは、新刊の発売に合わせて作家が書店を訪問し、サイン本を作らせていただくという営業・販促活動の一つである。私は書店さんに引き立てていただき、育てていただいた作家なので、自分のサイン本が書店さんにとっての商材になるうちは、書店回りを続けさせていただきたいと思っている（ただし、サイン本は汚損と見なされて返本できなくなるので、自分の商材価値の見極めをきちんとしないと書店さんに迷惑がかかるということは、心得ておかなくてはならないとも思う。平たく言うと、自分のサインに商材価値がなくなった時点で書店回りは控えなくてはならない）。

さて、その書店回り中に、一冊の本に出会った。『空想教室』（植松努／サンクチュアリ出版）である。

公にロケットを打ち上げようとすると、規制がいろいろ大変だから、私有地である工場の敷地内で打ち上げてしまう。私有地でやる分には、ロケット研究し放題！　という、たいへんアクティブかつダイナミックな社長さんの講演スピーチを本にまとめたもので、勇気をもらえる本だった。

私がこの本に気づいたのは、札幌のある書店さんで、入り口のところにワゴンで平積み大展開をしていたからである。書店の入り口は、必ずお客さんが通りかかって目に留まる一等地である。そこでこれほどの大展開、「買ってくれ、読んでくれ、面白いんだ！」という売り場担当者の叫びが聞こえてくるようだった。この書店に立ち寄らなかったら、おそらく私のアンテナには引っかかってこなかった本だ。

ネット書店に対して便宜上リアル書店と呼ばせていただくが、リアル書店の素晴らしさはここにある。リアル書店には生身の人間の思い入れが溢れており、それが私たちに思いがけない新しい出会いをくれる。

そうした書店が、どんどん少なくなっている。この十年で全国の書店は半分に減ったと言われる。経営難による閉店だ。

利便性だけで考えたら、ネットでポチッとやるのが一番簡単。だが、そこには体温がない。思いがけない出会いもふれあいもない。お客は自分の想定したものを買うためにネットを閲覧し、自分の想定からあまりはみ出さない範囲のものを

©ほしのゆみ

友人のオススメも
思いがけない
ステキな
出会い☆
でも趣味が
合わなかった場合
若干気まずい…

買う。ネットショップがお薦め品を出してくることもあるが、それはお客の嗜好《しこう》の範囲から弾き出されたデータによるものであり、そこに全くの「予想外」は発生しない。「予想外」「思いがけず」という言葉が欠け落ちてしまった社会は、面白みやささやかな幸せも欠け落ちていくのではないだろうか。

ネットの便利を否定するものではないが、人生の面白みを未来に渡っても失わないために、リアル店舗を支えることも意識の片隅に置いておきたい。そう思った「思いがけない」出会いだった。

（２０１５年12月）

【振り返って一言】 読んだ本はその人の中に種として眠ります。いつか芽吹いて草木を茂らせ、精神に森を作ります。この本は森を豊かにする大きな支えになるでしょう。

本屋さんには他にもいろんな種があります。あなたも自分に蒔《ま》く種を探しに行ってみませんか？

児玉清さんの遺産 ――偉大な師からの口伝、「思想」を託された

偉大な読書家であった児玉清さんが失われてから五年が経つ。

訃報を聞く二ヶ月ほど前に、対談の機会をいただいた。

今思い返しても、独特な熱量のある対談だった。誤解を怖れず率直に言えば、あれほどガツガツと前のめりにお話しになる児玉さんは見たことがなかった。

日頃とても穏やかで話運びの上手な方だった。いつも原稿をまとめるライターのことまで思いやり、構成を考えながらお話しされていた。

その児玉さんが、原稿をまとめるときのことを全く念頭に置いていないかのように、ぐいぐいと話を引っ張って行かれた。立ち会ったライターの吉田大助氏は、テープ起こしが大変だったのではないだろうか。

談笑という雰囲気は全くなかった。終始、張り詰めたような緊張感があった。

©ほしのゆみ

児玉清さんといえば
このポーズ
頑張って!!
と応援されているようで
好きだったなあ

禅問答で公案を投げかける師のように、厳しい表情が閃《ひらめ》く瞬間が何度もあった。「さあ、この問いが分かりますか」眼差しがそう問いかけていた。私が答えると、その度に厳しい表情が和らいだ。

児玉さんをがっかりさせたくない一心で、必死に食らいついた。

奇《く》しくも東日本大震災の日だった。長引く大きな揺れに、児玉さんはずっと気づかない振りをされていた。立ち会う全員が不安を押し隠しながら、口頭試問は続いた。対談というより、口頭試問というほうが相応《ふさわ》しいような時間だった。

緊張感が漲《みなぎ》りつつも、絶対的な信頼感に満たされた時間だった。──喩《たと》えて言うなら、偉大な師に卒試を受けているような。

対談が終わったとき、初めて児玉さんはほっとしたように微笑《ほほえ》まれた。そして、トランクに一つ分持参された私の本に、全部サインを入れてほしいと恥ずかしそうに頼まれた。厳しい師の顔は消え、いつもの児玉さんが戻ってきた。

多忙な方だ。それほど何度もお目にかかる機会を得たわけではない。それなのに、何故こんな真剣勝負の時間を最後にいただけたのか。対談のみならず、その後お願いした『阪急電車』の文庫解説まで引き受けてくださった。ご病気のことを存じ上げていたら、きっと頼めなかった。訃報を聞いたとき、大変な無理を押して引き受けてくださったのだと知った。

何故、評価される当てもないこんな若輩にそこまでお心を砕いてくださったのか。今となってはその真意を確かめようもない。

ただ、作家として大きな逆風を受ける度に、あの最後の対談のことを思い出す。あれは、おそらく口伝の時間だった。

児玉さんは、確かに何かを遺《のこ》そうとされていた。これを次の世代に遺さねば死ねない、そんな覚悟と気迫があった。

そしてまた、児玉さんは、私が逆風を受けやすい作家だということをご存じだったように思う。評価される当てがないということも、もちろん。だからこそ口伝の相手は私だったのではないか、と思う。

卒試の結果は、必死に食らいついてどうにか可というところか。しかし、不可ではなかった手応えはある。ともあれ、私は児玉さんの世代から、思想という遺産を託されたのだと思う。

それを繋げるかどうか、私は一生試されるのだろう。険しい道のりだ。口伝は、その道のりを踏破するために贈られた杖《つえ》だと思っている。

（2016年8月）

【振り返って一言】 迷ったり惑ったり間違ったりしつつ、立ち戻らせてくれるのはいつもお天道さま。

「子供を守る」を御旗に性的表現禁じるのは無責任

エンターテインメントにおける性的表現について、たびたび意見を表明してきたが、改めて個人的な意見を申し述べておきたい。

いわゆる「エロ表現」についてだが、「子供を守る」を御旗《みはた》にこれをやみくもに禁じようとする意見には、私は反対だ。「子供を守る」ために「子供にエロを見せない」という意見は、私には無責任としか思われないのである。

子供にエロなどとんでもない！　そう語る人は、同時に「いつから性的表現を解禁するか？」「性的表現の解禁に対して、具体的にどのようなソフトランディングの用意をするか？」ということを検討しているだろうか？

例えば成人を解禁の区切りとするとしよう。その場合、子供に対して禁じてきた数多《あまた》の性的表現を「はい、成人したから今日から解禁、どんな過激なものでも自由に閲覧してください。実践についても自分の判断でご自由に」というのは、あまりにも無責任である。

しかし成人前講義を行うとすれば、講師の選定は？　各種性癖に応じた教材の選定は？　カリキュラムはどう立てる？　問題は山積みだ。

そしてまた、自分が子供だったなら、秘めたる性をこんな赤裸々に無神経に暴き立てる講義を子供時代の最後に強要されたいか？　ということにも思いを馳《は》せていただきたい。

性に「健全であること」だけを求めるのは、非現実的なことである。性と快楽とは切り離せない問題で、しかし快楽に怠惰に耽《ふけ》ることは自分の人生に堕落や破滅を招く。だからこそ「快楽を求めようとする性的欲求をどのように飼い慣らすか」を人間は学ばねばならない。避妊や自慰行為ももちろん「飼い慣らす」作業の一つである。

そして、様々な形で「性の雑学」を蓄えることも、「性的欲求を飼い慣らす」ために必要な作業であろうと思う。

そのために性教育がある、という意見には落とし穴がある。例えば性感帯の分布には個人差があるというような繊細なことを「教育」で一律に教えることができるかどうか？

性的情動も絡む問題だし、実際問題としては非常に難しいだろう。人には様々な性的快楽のツボがあり、それは一律には決めつけることができない。そうした広汎な「性の雑学」を得ることは、愛する人も含めて他者の性に配慮するために必要なものである。

子供が性的なものに興味を示すのは、正常な発達の過程である。エロティックなものをこっそり覗《のぞ》き見て、耳年増になっておくことは、健全な大人になるためにはむしろ必要なことだと思う。

そして、週刊少年漫画で昔から一定の需要を持っている「ちょっとエッチな漫画」は、耳年増になるための適切な刺激の役割を果たしている。

性に目覚めようとする子供に大人が果たすべき役割は、少年ジャンプに載っている「ハダカ」に目くじらを立てることではない。少年漫画のハダカなど、女の「具」の詳細は描けない程度のあっさりしたハダカである。何なら、現実を知っておくために、お父さんの持っているエッチな本やDVDを盗み見ることさえお目こぼししていいくらいだ。

ただし、それが「秘めたるべきものである」ということや、「嫌がる相手に無理強いしてはいけない」ということ、「責任の取れない性的衝動に身を任せてはいけない」ということを、折に触れ上手に示唆する――それが粋な大人の態度というものではないだろうか。

性に興味が出てきた少年少女に対しては、「避妊具を自分のお金で堂々と調達できない経済力とメンタルしか持てないうちは、『実践』の資格などまだまだありませんよ」ということでひとつ。

（2017年8月）

©ほしのゆみ

【振り返って一言】　エロとバイオレンスは表現規制の槍玉に挙がりやすい二大巨頭ですが、昨今アンパンマンのアンパンチが暴力的な表現だと言い出す向きもあるそうで。世も末とは正

にこのこと、世紀末の澱んだ街角で我々は出会ってしまうのか。正確に歌い上げるとJASRACが来るのでフフフーンと鼻歌で済ますが、アンパンチを暴力と言ってしまう勢に出くわしたら澱んだ街角でストリートファイト勃発である。アンパンマンとやなせたかしに謝れぇぇ！

ちなみに仕事の関係で青年漫画誌が家に届く機会が多いのですが、いわゆるセクシーグラビアには袋とじと袋とじじゃないものがあることを皆さんご存じか。とにもかくにも袋とじは開けねばならぬ。世の摂理です。そこに山があるなら登り、そこに袋とじがあるなら開ける。私は袋とじを開けて開けて開け続け、ついにその法則を解明しました。

「袋とじグラビアには乳首が写っている」！　なるほど、理に適っている。買った者だけが乳首を拝める仕組みにして購買意欲を高め、なおかつ公の場で乳首ポロリがお子様の目に入らない配慮をも同時に。出版社は頑張っています。

なお、この袋とじを開けることが大人の階段の何段目に当たるのかについてはまだ当方の研究が不足しているので、知っている人はそっと教えてください。

図書館と本の売上げの関係

さて、今日は図書館と本の売上げの関係について、例によってあくまで私見という前提で。

「図書館のせいで、本の売上げが損なわれている」という理論が巷《ちまた》でよく聞かれます。

これについて、私個人の意見としては、「図書館は、本の売上げを妨害しておらず、図書館と出版業界は共存できる」というものであります。

というのは、私がもらうファンレターには「最初は図書館で読みましたが、手元にほしくなったので、本屋さんで買いました」というご意見がたいへん多いのです。

そして、図書館の利用が自分の本の売上げにマイナスの影響を及ぼしているという感触は、持ったことがありません。

むしろ、図書館や学校図書室で出会いをサポートしてもらった結果が売上げに繋がっているとさえ思います。

私は、図書館は読者さんとの出会いを提供してくれる場所である、と認識しています。

中古書店と違って、図書館の本はあくまで貸し出しですから、図書館の本が「出版社や作家の収入にならないまま、読者さんの私有物になってしまう」ことはありません。

図書館で「試し読み」した結果、新刊書店で本を購入してくださるという読者さんは、とても多いと思うのです。

（中古書店については、中古書店「だけ」のご利用は、ご一考いただきたいという立場です。中古書店での購入は、作家にとっても出版社にとっても収益にならない、ということをご理解いただきつつ、新刊書店で買ってもいいと思える本については、新刊書店に足を運んでいただければ幸いです。古着屋さんも楽しいけど、新品のお洋服も楽しんでくださいね♪　という感じで一つ）


図書館で本を読んでもらった結果、「自分の本として手元にほしい」と思っていただけるかどうかは、本を送り出す側の責任ではないかと思います。

「ほしい」と思っていただけない責任を、図書館に求めるのは筋が違うと思います。

作家はほしいと思っていただける引力を作品に籠めるべきですし、出版社はほしいと思っていただける素敵なアイテムとしての本作りを目指すべきです。「手元に持っておきたい本」を作れば、読者さんは必ず応えてくれる、というのが私の実感です。

そしてまた、出版界は、図書館に矛先を向ける前に、読者さんに「投資」の意味でのご購入をご理解いただく広報をすべきではと。

私ならむしろ、図書館にお願いして、「面白かったら、新刊書店でのご購入をお願いしますね。出版業界、厳しいんです」という趣旨のポスターか何かを掲示してもらいます。

作家がずらりと並んで、正座・お辞儀でお願いしている構図なんか、インパクトがあるんじゃないでしょうか。「ほんとに大変なんだな」感も出ると思いますし。どっか作るんなら、私は協力します（笑）。

全国の図書館・司書の皆さんに協力してもらえたら、出版界の現状をご理解いただく大きな窓口になっていただけたのではと……

何にせよ、自分の都合だけ一方的に押しつけても、物事はいい方向には向かいません。

「図書館で借りるな！」

「中古書店使うな！」

と狷介《けんかい》に叫んでも、世の中から図書館の利用も中古書店もなくなりませんし、お客さんの反感を買うばかりです。

人様に行動を強制することはできません。

利用の仕方を考えていただくことをお願いするくらいが、許される範囲じゃないでしょうか。

ただし、図書館の側にも、選書に関して少し考慮していただきたい部分が。

例えば、

・ベストセラーだけ大量に入れる。

・ベストセラーを大量に入れ、更にそれが文庫化したときも大量に入れる。

などは、出版側としては、ちょっと困ってしまうときも……

他の作家さん・他のジャンルの本との出会いに予算を振り分けていただけると、出版する側はとても幸せです。

一般の方ではなかなか手が届かない高価な専門書などを所蔵できるのも図書館の強みですから、全般的に「地域の知の所産」であっていただければなと思います。

（もちろん、図書館がそうあるべく、利用率だけで図書館の価値を計るような風潮も改まってくれないといけませんが）

（大量に入れないと利用者に迅速に貸し出すことができない、という理論に関しては、利用者の方に何とぞ「特急と普通電車」の関係を思い出していただければと思います。時間とお金は、反比例。どちらを優先するかは、ご自分の自由です）

でも、基本的には、図書館と出版界は共存できるものだと思っています。

これからも、「この本との出会いは図書館でした」という読者さんをたくさん生み出してくださると思います。

図書館をご利用の皆さまにおかれましては、善き出会いを図書館にいただけたら、ぜひ書店さんへと足をお運びください。

図書館ご利用の後、書店さんにも来ていただけるように、努力を尽くす所存です。

最後に、「これは、あくまで私個人の意見です」ということを繰り返して、終わります。

（２０１５年12月）

【振り返って一言】 忘れた頃にSNSなどでふ〜っと流れてくる話題です。

個人的には、図書館は未来の種を蒔いてくれるところだと思っています。特に子供に対して。運良く読書を娯楽の一つとして認識してくれている子供さんに、「ここにある本を全部自由に読んでいいよ」という施設があるということは、何とも心強い未来の農園です。種というものは狙い澄まして一粒蒔いても花実を望むのが難しいものです。多くを蒔いて多くを芽吹かせ、間引き、強い苗が育って収穫につながる。

この「多くを蒔く」という段階を個人で完結できるお子さんやご家庭はそれほど多くないでしょう。家計の中に必ず書籍費を取り置いてもらえる、などと考えるのは単なる楽観ですし、仮にそんなご家庭があったとしても、購入する本には好みというバイアスがかかり、無作為な選書にはなりません。子供から大人まで、ありとあらゆる人に向かって無作為かつ厖大な種を蒔いてくれるのが図書館です。

もちろんベストセラーの複本を何十冊、何百冊というのは、利用率を気にして市場におもねりすぎだと思いますが、常識の範囲内で選書をしていただける限りは、図書館は出版界の心強い味方です。図書館のせいで本の売上げが落ちているというのは、あまりに近視眼的な非難だと思います。無作為に厖大な種を蒔かれた畑から自由な収穫を楽しむという段階があってこそ、人は「自分の好みで自分のためだけの畑を持ちたい」という夢を抱くことができるのです。子供の頃の私もそうでした。

「あの本が読みたいけど、今日は貸し出し中だった」という若干の不自由を伴った公共の畑の共有があってこそ、自分の作る自由な本棚はかけがえのない宝物になるでしょう。

強いてお願いをしたいとしたら、図書館ではなく、図書館を運営する行政に対してです。図書館は公に知の種を蒔く施設です。短期的な「利益」のための施設ではありません。目先の利用率で図書館を締めつけ、ベストセラーの弾薬庫のごとき短絡的な棚作りに職員さんを従事させることがないよう、伏してお願い申し上げます。

読書感想文廃止論、加えて

宿題で読書感想文を強制するのは子供さんの読書嫌いを加速させるだけだからやめてほしい、ということを今までも再々発信してきました（教育関係の方に会ったら必ず言います）。

それに加えて、もう一つ勘弁してほしいこと。

ここ数年、一体どこの学校から流行《はや》ったことか存じませんが、「学校の授業で作家に手紙を書く」という課題が幅を利かせているようです。

最近は「手紙を書く」という文化が廃《すた》れているため、学校で手紙の書き方を教える課題として教育現場で好まれているとか。

どうか、これもやめていただきたい。

宛名を「有川造」、「有川告」と間違える程度にしか私に興味のない子供さんの「上手に書いた作文」を大量に送りつけられても、正直言って困惑するばかりです。

同じ地区・同じ学年、加えて同じ学校名が自己紹介で並べられた手紙が一時期に集中して届く時点で、学校の授業の課題だなということは分かります。

宿題としての強制力のある読書感想文が子供さんの読書嫌いを助長するのと同じように、さして興味のない作家に強制的に手紙を書かされるということも、読書に忌避感を抱かせかねないものだと思います。

本当に手紙を書きたい子供さんは、授業で課題として強制されなくても、ご自分で手紙を出してきます。

そして、「自分で本当に書きたくて書いた手紙」と「学校で授業として書かされた手紙」では文面から感じられる思いの密度がまったく違います。

教師の方は「手紙を書く作家は子供たちが自分で選んだものです、強制していません」と仰《おっしゃ》るかもしれません。

しかし、それが「授業の課題」である時点で、子供にとっては絶対的な強制なのです。

あまり本を読んでいなくても、「読んだことがあるから感想を書ける」という作家を懸命に思い出す子供さんもいることでしょう。

作家に初めて書く手紙は、読者さんの自発意志によってなされるべきです。

人生で何回も書く人もいれば、一度も書かずに終わる人もいるでしょう。

作家はその手紙に籠められた思いを大切に受け取ります。

自分で書きたい、思いを届けたいという自発意志によって書かれた手紙なら、まだ文章を書くこともおぼつかない、字を書くことさえ拙い手紙でも私はきちんと読みます。

しかし、明らかに課題として「書かされた」作文に頻繁に付き合うほど、私の時間は有り余っているわけではないのです。

読むのが苦痛だから送ってくるなということを言っているのではありません。

人生に一度しかない、「初めてのファンレターを書く機会」を、学校の授業で強制的に消費させないでほしいのです。

本当に書きたくて書かれたファンレターは、

「この手紙を書くのにいかに勇気が要ったか」

「先生のご迷惑ではないかとドキドキした」

「でも感想を伝えたいんです」

という瑞々《みずみず》しい思いが懸命に綴《つづ》られています。

それは、子供も大人も変わりません。

非常に達筆な、年配の方でさえ、「ファンレターを書くのは生まれて初めてです、乱文恥ずかしいですがどうしても思いを伝えたかったので」など、はにかみながら手紙を書いてこられます。

大人でさえ「好きな作家に初めて手紙を書く」というイベントは、特別なことなのです。

その人の人生において、一つの思い出になることなのです。

それは、決して学校の授業で強制的に奪われていい機会ではありません。

私にさして興味のないお子さんにむりやり手紙を書かせることで、教育現場はそのお子さんがいつか本当に「溢れる思いを伝えずにはいられない作家」に出会ったとき、「生まれて初めてのファンレターを書く」という機会を奪っているのです。

初めてのファンレターは、本当に好きな作家に、手紙を出さずにはいられないほどの思いが溢れたときにこそ書かれるべきものだと思います。

その機会を「教育」という美名の下に子供さんから取り上げるべきではないと思います。

学校の課題としての手紙なら、教育現場で完結してほしいのです。

どうして子供さんのおじいちゃんやおばあちゃん、あるいは親しい大人の方、それこそ担任の先生ではいけませんか？

たとえ学校の課題であっても子供さんの手紙を喜んでくれる大人の方に、いつもより折り目を正して手紙を書く。それは子供さんにとって素晴らしい経験でしょう。

手紙を書く文化を子供さんに継承したいのなら、まず身近な方に大切に思いを綴ることを教えてください。

「作家というレアな人種」に手紙を出したからといって、手紙の価値が上がるわけではないのです。

また、目上の人に手紙を書くということを教えたいのなら、それこそ学校の校長先生などに宛てるべきだと思います。校長先生は当然、学校の子供さんの教育に携わる義務があるのですから。

課題として子供さんに手紙を書かせるのなら、子供さんが手紙を出した結果を、返事やリアクションが窺《うかが》えるわけでもない遠くの作家に丸投げするのは、無責任というものではないでしょうか。

少なくとも私は、子供さんから「初めてのファンレターの機会」を強制的に奪う教育に協力したくはありません。

教育関係者の皆さまにおかれましては、何とぞご理解ください。

自分の子供の頃を思い返すと分かりますが、子供は「強制」が好きではありません。宿題を「好き」という子供さんもそうはいらっしゃらないでしょう。

読書感想文やファンレターが宿題や課題に組み込まれることで、子供さんが読書に忌避感を覚えることを私は非常に危惧します。

自分のタイミングで本と巡り会ってこそ、読書は楽しい人生の営みとなります。

教育を盾に読書の世界を圧迫しないでくだされば、と切に願います。（２０１６年10月）

【振り返って一言】　これとはちょっと違う話ですが、学校関係者の方からはたまにびっくりするような「お願い」が来ることがあります。交通費なし・ノーギャラで講演に来てほしい、とかざらです。編集部がその点を尋ねると、「子供の教育のためなのにお金を取るんですか？」と咎《とが》められることもざら。無邪気に「教育のためなら部外者が無償で尽くしてくれて当然」という考えの人が先生をやっていることにちょっと目眩《めまい》がします。えーと、その感覚を子供さんに植え付けて社会に送り出さないでくださいよ。
時間というものは有限です。一人に二十四時間しか与えられていない。そして時間は「貯蓄」も「繰り越し」もできません。時間は人間にとって最も貴重で、融通の利かない資源なのです。人様に「時間をください」というのは、実はかなりの覚悟を伴う依頼であるはずなのです。

このファンレター問題にしても時間の問題がつきまとうわけですが、たとえば明らかにテンプレートだと分かる書式で書かれた手紙が五十通送られてきたとしても、作家のほうは最初の五通で見切りをつけて残りは読まないということはできないわけです。何故なら、残りの四十五通に学校課題でないお手紙が入っていないとは断言できないからです。どうやら学校のテンプレがあるなと判断できるのは、実際に五十通読んでから。編集部でチェックしてくれる場合でも、担当編集者がその判断のために五十通のテンプレを読まなくてはならないわけで、その時間を他人から奪うことに疑問を持たない「教育」は、やはり「傲慢」ではないかと思います。

他人に対して傲慢であることに立脚した「教育」は、子供たちを善き学びに導くことができるのか？　そこからまずは考えていただきたいと思います。

心の奥底にしみついた土着のにおい

わたしの生まれ育った高知県には、きれいな川がたくさんあるんです。四万十《しまんと》川、高知市内を流れる仁淀《によど》川、東には物部《ものべ》川。それらに流れ込む数えきれないほどの支流。どれもが驚くほどの美しさで、だれもが「自慢の川」を持っています。

市内に実家があったわたしにとっての原風景といえば、だんぜん、仁淀川ですね。この川は水量が豊富で、背後の源流の山から一気に海に流れ込みます。だから、ダイナミックな景色がいっぱい。四万十川にもまったく負けていないとわたしは思います。四万十川流域の人は、「いやいや、うちだって――」と言い合いになるでしょうけど（笑）。

仁淀川は市内から車で三十分もあれば、けっこう上流の方まで行けるんです。高知には「チャン」と言って、ゴムのばねを利用した小さなもりみたいな水中銃が、近所の雑貨屋さんでかならず売っています。わたしは、それで魚を突いて遊んだりするいわゆる「川ガキ」でした。

ただ、そうした田舎の風景がいかにかけがえのないものなのかは、一度外に出ないと気づかないことでもあるんですね。田舎というのはそこにだけいると、不便なところばかりが目につくでしょう？　わたしも早く田舎を出て都会で暮らしたいと強く思っていた一人でした。

そんな自分に故郷への愛情のような気持ちが芽生えたのは、進学して関西に出てからでした。ある日、友達とドライブに行ったとき、兵庫の山間部でレンゲ畑を見たんです。

一面に広がるレンゲのピンク色。その美しさは圧倒的でした。同時に、「わたしはこの光景を何年見ていなかったんだろう」と、はっと思いました。それは、高知に住んでいた頃、春になれば当たり前のように見ていたものでもあったからです。

バラの花束はお金さえ出せば、百万本でも買える。でも、このレンゲ畑の光景は、花屋さんではけっして買うことができない。そう悟った瞬間、子どもの頃に親しんでいた雑草みたいなものまでが、いとおしくなってきました。以来、植物図鑑を買って、うちの庭に咲いていたあの花はこういう名前だったんだ、と確認するようにもなりましたね。

そして、作家になってから気づいたことですが、そういう故郷を持つことが、ものを書くうえでの明確な武器になっているんです。体の中に蓄えられている、四季折々の田舎の風景や空気感。心の奥底にしみついた土着のにおい。それがさまざまな場所や物事を見るときの物差しになり、小説を書くために取材をしているとき、感じ取れる情報を豊かにしてくれていると思います。

わたしの世代は高知県においても、素朴な「お百姓さん」の世界が残っていた最後の世代でしょうね。祖父母が亡くなる前は、二人が暮らす村によく家族で遊びに行きました。すると、畑の一角に子ども用の畑をつくって、祖父が季節ごとにイチゴやサツマイモなど、わたしが喜びそうな作物を育ててくれた。離れにあった土室で遊んだりも――。

あれほど嫌だった田舎の不便さが、今ではどれもよい思い出に変わっています。そのなかでわたしも高知県が舞台の小説『県庁おもてなし課』を書いたり、こんど出版したエッセイ集『倒れるときは前のめり』では地元の手拭い屋さんの柄をカバーに使わせていただいたりと、貢献できることはないかと考えています。

高知は四国山地で分断されているだけあって、一種の独立国みたいな雰囲気があります。いまだに県の隅々まで高速道路が通じていない不便さが、一周遅れで県の魅力に変わってきているんですね。

もし高知を訪ねる機会があったら、空港を降りたあと、まずは桂浜から海岸線をドライブしてみてください。とりわけ晴れた午前中、空の青さを映した太平洋は、まさに〝海原〟がどーんと目の前に広がる圧倒的な迫力ですから。そして、その海原に流れ込む仁淀川の美しさを、ぜひ目のあたりにしてもらいたいですね。

（２０１６年４月・談）

【振り返って一言】　談話なので「あれほど嫌だった田舎の不便さ」の詳細が割愛されてしまっていますが、ダントツ一位は本が発売日に書店に並ばないことでした。読みたい本がこの世にもう存在しているのに手元に届かずまだ読めない、という凄まじい飢餓感は今でも鮮烈に覚えています。

そして、何物にも代えがたいその飢餓感が、作家になった今に繋がっているような気がします。

ただ生きているだけ、という色彩の凄み

春である。電車の窓際に立つのが楽しい季節になってきた。

窓の外を、冬の寒さを耐えた花が絵巻のように流れていく。

この原稿を書いている段階では、桜が盛りである。だが、赤に白に梅もまだまだ。桃。ハナモモ。ユキヤナギ。つぼみから開きかけまでの花姿が命の木蓮《もくれん》、白木蓮を見つけたらやはり紫木蓮も見つけたい。黄色いリボンを短く切って束ねたようなレンギョウの花も愛《あい》嬌《きょう》があって楽しい。

土手に水仙。白に黄色にラッパ、バリエーションが豊かでこれも楽しい花だ。

ふと目を落とすと、線路脇の地面を濃い赤紫の水玉が走った。カラスノエンドウの花である。驚いた。阪急宝塚線。地元ローカル線とはいえ、時速数十kmは出ているはずの電車である。その車内にいる私の目を、カラスノエンドウの赤紫は射してきた。群生するとはいえ、一つ一つは豆粒のような小花である。その色の強さに呆気《あっけ》に取られた。

思い出したのは新幹線の車窓である。東京に行く用事があるとき、春と秋は好んで新幹線に乗る。新大阪から東京へ向かう新幹線の車窓には、春は菜の花の黄色、秋は彼岸花《ひがんばな》の赤が鮮やかに流れる。

ぽつりぽつりと色の帯からはぐれて咲く花がある。わずかな黄色の霞、あるいは一輪の

真っ赤は、見るともなしに眺めているだけの視界に鮮やかに飛び込んでくる。

新幹線である。最高速度は時速二八〇km以上に及ぶという。それでも、あそこに菜の花が一群れ咲いている、彼岸花が一輪咲いていると分かる。

ところがである。同じ黄色でも、それが例えば黄色いボールやアヒル隊長だったら、見るともなしの視界は認識しないのである。同じ赤でも、空き地に転がっているコーラの空き缶は認識しないのである。

甚《はなは》だ感覚的なものでしかないが、色素の強さが違うと私の目は感じている。花の色素と人工の色素は、目の中に飛び込んでくる鮮烈さが違う。豆粒のようなカラスノエンドウの花でさえ、数十kmの速さですれ違うときに網膜に焼きついてくるのである。

それは、命の有無の違いのような気がしている。花の色素には花の命が費やされている。花に美しく咲こうという意思はなく、ただ生きている。生きている。生きている。

生きているだけという色彩の凄《すご》みが、冬の寒色に慣れた目を叩き起こしに来る。私にとっては、年越しよりも一年の年輪

©ほしのゆみ

が刻まれる季節である。

冬が寒ければ寒いほど、春を待ち侘《わ》びてか萌え出る花は冴える。今年は、一際《ひときわ》冴えている。

（２０１８年５月）

【振り返って一言】 不思議なことに、野生に近いものと園芸種ではまた色素の強さが違う気がする。

〝ノーモア二の腕〟派に厳しい昨今の日本の夏

日本の夏。金鳥の夏。――のCMを覚えている方は昨今どれくらいいるのだろうなぁと思いつつ、あの頃はいい夏だったと噛みしめている。浴衣《ゆかた》。花火。夕涼みのお供に蚊取り線香。当時、あんな優雅な夏に暑いなどと文句を垂れて本当にすみませんでした。と陳謝したいような猛暑であった。

ところで、私の女友達には二の腕を出せない派が多い。かくいう私も思い立ったように二の腕ダイエットを始めては挫折《ざせつ》すること幾年月、真夏であっても頑として二の腕の自前の肉の振り袖を隠すことが骨身に染みている。ノースリーブと羽織り物はいついかなるときもセットです。何なら袖つきの服でも羽織り物は必要です。というくらい強硬なノーモア二の腕派が私の友人には揃っているのであった。

そんなノーモア二の腕派に昨今の夏は大変厳しい。ノースリーブ一枚で外出できたらどれほど楽だろうと思いつつ（もちろん厳重な日焼け止めは必須だが）今日も明日もせっせと羽織る。

オール羽織り物軍団で真夏にドライブに出た際である。行く先々でふと見ると、世間には思いのほかノースリーブ女子が多いのであった。

わー、私は無理だな、出せない。私も。最近の若い人はスタイルがいいから……というようなことを話していて、「ちょっと待って」一人が気づいた。

「けっこう年配の人も出してない？　それに私たちとどっこいどっこいの振り袖の人も……」

何なら、もっと立派な振り袖も、大らかに丸出しなのであった。

「時代が変わった……？」

かつて、私たちが娘だった頃、二の腕は「出せるか」「出せないか」の問題だった。ノースリーブを一枚さらり。それは二の腕に振り袖がたゆたっていない属の特権だった。

自らの二の腕を憎む振り袖属が執拗《しつよう》に羽織り続けるのを尻目に、世界の二の腕問題はしれっと「出すか」「出さないか」の自由を得ていたらしい。「出そう」と思ったら、出していいのである。振り袖属でも一枚さらりとノースリーブを着ていいのである。何という解放……！

「出す？」

誰からともなく問い、全員が首を横に振った。自由が与えられても行使するた

©ほしのゆみ

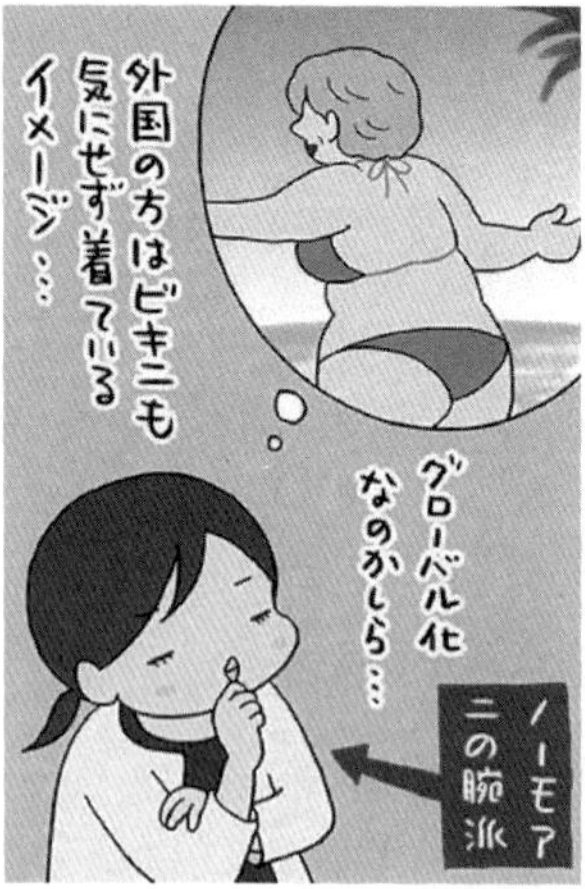
ノーモア
二の腕派
グローバル化
なのかしら…
外国の方はビキニも
気にせず着ている
イメージ・・・

めには己が二の腕を解放するメンタルが必要であり、私たちにそのメンタルは培われていないのであった。

真夏でも羽織り物を手放せない振り袖属に、日本の夏は年々厳しさを極めていく。来年はどうなってしまうのか。東京オリンピックはこのまま強行すると人死にが出るのではないかと素人ながら心配だ。


「ところでさぁ。ユニクロのエアリズムウルトラシームレスショーツ知ってる？　すごいよ。めっちゃ涼しい。めっちゃ楽。ノーストレスパンツ」

「ノーストレスっていかほど？」

「穿《は》いてることを忘れる。何なら穿き忘れてノーパンツ事案が発生する」

「ちょ、この後ユニクロ寄って」

技術の進歩は真夏の振り袖属にもまんべんなく優しい。私たちはその後、ノーパンツ事案パンツを買い求め、尻に科学の涼を得たのだった。

まだ、身の回りでノーパンツ事案は発生していない。


（2018年9月）

【振り返って一言】　このコラムを書いた一年後、二〇一九年夏。
酷暑に負けて振り袖属が羽織り物を諦めはじめた。街中で観測される羽織り物が明らかに去年より減少している。かくいう私も今年は羽織り物をついに諦めた。
　これからの活路は袖。振り袖をごまかしつつ肩がボンバーにならない一工夫ある二の腕迷彩袖を求めて二の腕難民の旅は続く。

【未完―俺たちの旅は永遠に終わらない―】

『生』の字　──宝塚で好きな光景

宝塚で好きな光景は様々あるが、特にこれと取り上げたいのは『阪急電車』でも書いた武庫《むこ》川中州に石で積まれた『生』の字だ。

宝塚在住の芸術家、大野良平さんのアート作品だが、初めてこれが誕生したときのことが忘れられない。私が知ったのは夫の仕入れてきた口コミだった。

「宝塚南口と宝塚の間、武庫川を渡る阪急電車から見下ろせる中州に、石で『生』の字が積まれている」

当時は誰が作ったのかも、「せい」と読むのか「なま」と読むのかさえも謎だった。やがて、新聞などに取り上げられて、それが阪神・淡路大震災の鎮魂と再生を祈念して制作された作品だったと分かった。しかし、それが判明するまでの間、中州の『生』は宝塚の日常の中にふと現れた上質なミステリーだった。市民は「一体あれは何だろう？」と想像を楽しみ、明かされた謎に感じ入った。

『阪急電車』の映画化もきっかけの一つとなり、『生』の字は全国的にも有名になった。しかし、だからといって『生』の字は何も変わらなかった。石を積んでいるだけなので、大水が出たら崩れたり流されたり、そんな素朴で自然な風景のままだった。唯一変わったのは、字の「再生」のときにボランティアが多く集まるようになって、大野さんが一人で積んでいた第一作より力強く太い字になったことだ。

一度、宝塚市から問い合わせがあった。せっかく映画などでも有名になったので、コンクリートで固めて観光のモニュメントとして残すのはどうかと思うが、先生のご意見は？というものだった。

私はこういうときは直感で断を下すが、「それはだめでしょう」と答えた。「大野さんの作品ですから最終的な判断は大野さんが下すものですが、あれは自然の中に溶け込んでいる佇まいにこそ価値があるものだと思います。コンクリなんか野暮でしょう」

大野さんもやはりＯＫは出さなかったらしい。そこですんなり引き下がった宝塚市の判断も非常にわきまえたもので、見事だったと思う。

このときの私の判断は直感でしかなかった。

しかし、東日本大震災の後、たまたま流失していた『生』は「再生」された。そのとき、『生』に籠められた意味がずしんと腑《ふ》に落ちた。

自然の膨大なエネルギーが人の営みを叩きのめすことは数多い。人の積んだ『生』の字が大水で何度も流失してきたように。しかし、人の意志がある限り、『生』は何度でも再生する。人の営みは何度でも再生する。

それを石で字を積むという非常にシンプルな方法で象徴した『生』は、東日本大震災に対して骨太極まりない応援のメッセージであった。

誰に強いられるでもなく、押しつけられるでもなく、こつこつ石を積む。やがて『生』

が現れる。いつか流される。やがてまたこつこつ。その地道な過程のすべてが、「生きていく」ことの象徴だ。人間は自然に太刀打ちできないという謙虚な諦観と、それでも自然の荒れ狂った後に営みを再生するのだという静かな不屈までも含めて。

今では武庫川に大水が出るたびに、中州の『生』を気にかけることが何気ない日常になっている。宝塚に住まう多くの人がそうだろう。ああ、無事だった。少し崩れた。ああ、流れた。

いつか流失の後、『生』の字が長く現れなくなる時代もやってくるかもしれない。しかし、それでも――百年経っても、二百年経っても、人の営みのある限り。大きな災害の後には、あの中州にひっそりと『生』が再生して、生きていこうとメッセージを送っている。そんな宝塚であってくれたらと思う。

（２０１９年1月）

［振り返って一言］　この『生』の字とはかれこれ十年以上のお付き合いになります。この本の後半にも取り上げましたが、鎮魂というものの本質を惑わせる乱暴な催しにぶつかったとき、胸に浮かんだのは中州にひっそり佇んでいたりいなかったりする『生』でした。コンクリートで無粋に留め置かないことを選んだその有り様は、「分をわきまえる」という礼節も同時に顕《あらわ》しています。私の知る限り、『生』が何かに対して差し出がましかったことは一度もないのです。鎮魂とは、芸術とは、正にこのようなものだと思います。

この本のこと、知ってほしい

コロボックルさんへ　『豆つぶほどの小さないぬ』（佐藤さとる／講談社文庫）

恥ずかしいお笑いを一席。

小学校三年生の頃の話である。寝る前、枕元に小さなお菓子やミルクピッチャーに入れた牛乳を置いておくことが私の日課だった。そしてその横にはメモ用紙に書いた手紙を添えた。

手紙の書き出しはこうだ。

『コロボックルさんへ』

母親が当時首を傾げていたに違いない謎の毎夜のお供えは、コロボックルさんへの贈り物だったのである。

我ながら相当気合いの入ったメルヘン脳だったと思う。思い出すと尻がかゆくなるくらいにはこっぱずかしい。

さて、書き出しの後には確か自己紹介を続けた。

『私は高知県に住んでいる小学校三年生の女の子です』

『名前は有川浩です』

もちろん、当時はこの筆名ではなく本名を書いたわけだが、好きな食べ物や趣味、得意な科目など、小さな女の子が自己紹介するときに羅列するようなことをつらつら書いたと思う。

自己紹介の次は用件に入るのが定石であろう。しかし、せいたかさんの「手記」を読んでコロボックルの生態や歴史にたいへん理解の深かった私は、性急に自分の用件を押しつけたりはしないのである。

『せいたかさんのお話を読みました。昔、人間にひどい目にあってから、人前に姿を現さなくなってしまったそうですね』

『人間がひどいことをしてしまって本当にごめんなさい』

『許してくださいと言っても簡単に許せないと思いますが、昔ひどいことをした人間の分まで私が謝ります』

何と人間を代表して謝っちゃうのである。小学校三年生、気宇壮大だ。

そしていよいよ本題である。

『でも、私は絶対昔の人のようなひどいことはしません』

『だから私とトモダチになってください』

『これから毎日コロボックルさんへのプレゼントをここに置くことにします。どうか受け取ってください』

『もし私とトモダチになってくれるなら、この手紙にお返事を書いてください』

手紙の最後にコロボックルが返事を書く余白を空けておき、筆記用具として添えたのは折った鉛筆の芯である。最初は父の手帳にくっついている細い鉛筆を考えたが、その鉛筆でさえコロボックルの身長並みに長いと思ったので鉛筆の芯にした。

そして毎朝目覚めるたびに枕元のお供えが少しでも減っていないかと確認し、手紙のどこかにコロボックルの小さな筆跡が残っていないかと隅々まで探した。

お供えが減ることはなく、手紙の返事もまったくなかったが、それでも私が挫けることはなかった。何故《なぜ》なら、コロボックルは昔のことがあったためにひどい人間不信に陥っているはずで、そう簡単に心を開いてくれないであろうこともせいたかさんの手記より推し量れたからである。

その手記のタイトルこそ『だれも知らない小さな国』――続編である本書『豆つぶほどの小さないぬ』でそう明かされている。

何しろせいたかさんですら初めて姿を見せてもらってからコロボックルとの再会を果たすまでに十数年を要しているのだ。そしてせいたかさんが初めてコロボックルと会ったのは小学校三年生――当時の私とまったく同じ年頃である。ということは、私がコロボックルと言葉を交わすことができるのも大人になってからだ。

きっと今頃コロボックルは、私を「トモダチ」にしてもいいかどうか見極めるために私を観察しているに違いない。だとすればここで諦めてはいけない。気長に待てるところを見せて信用してもらわなくては――という信念に則《のっと》って毎夜のお供えは続き、添える手紙はさながら一方的な文通の様相を帯びた。

こんなことをしていたのは私だけかと思っていたが、先日『コロボックル物語』について知人と話していたとき、「私もよくめくりましたねぇ、フキの葉っぱ」という発言が出てきた。

一枚のフキの葉っぱの下にコロボックルが数百人もひしめき合っていた――というのは、せいたかさんが長じて探し当てたコロボックルの伝承だ。せいたかさんの話を追体験しようとした子供は私のほかにもいたのである。

『コロボックル物語』を読んでコロボックルの存在を信じ、アプローチを試みた子供は日本中に一体どれほどいたのか。具体的なアプローチには至らなくても、「いたらいいな」と願った子供は数え切れまい。

かつての私たちは「コロボックル」を信じた。しかし、それは不思議を信じたがる子供の頃に特有のはしかではない。

「コロボックル」というファンタジーを支えていたのは不思議な魔法や奇跡ではなく、圧倒的なリアルだった。私たちはファンタジーではなくそのリアルを信じたのだ。

たとえば、コロボックルが普通にしゃべると人間の耳には「ルルル」という調べに聞こえる。使う言葉は同じ日本語だが、小さくてすばやいコロボックルは「人間より三倍も早口」なのでそうなってしまうのだ。

だから、せいたかさんと初めて対面したコロボックルたちは「ゆっくりしゃべる」ことを特別に訓練されていた。

こんな濃《こま》やかな設定を、古来のコロボックル伝説を知っていたとしてもおいそれと思いつけるものだろうか。動きがすばやいコロボックルは舌も速く回る、だから言葉も速いに違いない、なんて。人間としゃべるための訓練がいる、とまで。

その驚くべきリアリティは、語り部がせいたかさんからコロボックルへシフトしたこの『豆つぶほどの小さないぬ』以降、ますます深く追求される。

小さなコロボックルにとってくもの糸が便利なロープになる、というところまでは思いついても、べたべたしないように灰のあくに浸けて処理するとか、ねじって張ることで目印にする使い方まで思いつける人がいるだろうか。

工場に電線から電気を引くことは考えついても、人間の使う電気は大きすぎるから変電所で小さく変換しなくてはならない、なんてことは？

コロボックルが地下に潜ったことについても、優れた換気のシステムを持っていたから可能だったことが説明され、あまつさえその地下へ移住できたことがマメイヌの失われたいきさつに見事につながるのだ。

まるで「見てきたような」現実的で詳細な描写は、作者がコロボックルを「知っている」としか思われないのである。

物語を読み終えた子供が毎晩枕元にお供えを置き、コロボックルへの手紙を綴《つづ》り、あるいはフキの葉っぱをめくっても無理からぬところだろう。

そして、その圧倒的なリアルの中にあるからこそ、本作におけるコロボックルたちのほのかな恋物語にも幼い胸がときめいたのだ。

まるで知っている誰かの馴《な》れ初《そ》めを聞いたように。

また、せいたかさんとママ先生、世話役と奥さんなど『だれも知らない小さな国』において馴れ初めを見せてくれた人々が、本作でその関係性を変えて再登場したように、シリーズ三作目の『星から落ちた小さな人』では本作で馴れ初めを披露したその二人が実にさりげなく新たな関係性を伴って登場する。『星から落ちた小さな人』ではママ先生の連絡役の名前が変わっている。本作で活躍したあの愛らしいヒメは、やはり彼に嫁いで婚家の名を名乗るようになったのである。

このように、馴染みの人々で繋がれていくところも『コロボックル物語』の楽しみの一つだ。エノキノデブちゃんは既に名脇役だし、風の子の善き仲間であるフエフキやサクランボも続刊できらりと光る活躍を見せてくれる。フエフキなど毎度ニヒルな役どころで、いかにも女の子にもてそうなニクイあんちくしょうだ。

ぜひシリーズを通して彼らのその後を追ってほしい。読むほどに「コロボックル・サーガ」の魅力に取りつかれること請け合いである。

私は今でも彼らに会いたくなって、そのたびにシリーズを全作読み返してしまう。再会を重ねるごとに彼らの息吹は身近になる。今から『コロボックル物語』を読む人は幸いだ。大人であれ子供であれ、生涯の友を大勢増やすことになるだろう。

さて、お供えの顚末も報告しておこう。実は、枕元にミルクを出したまま夏休みの家族旅行に出かけてしまい、二泊三日で帰ってくるとピッチャーの中にはヨーグルトがぷるんと固まっていた。鼻を近づけて嗅ぐとかすかに酸っぱいにおいがした。

その間の抜けた有り様に私の熱はすぅっと冷めて、お供えも手紙もそれきりやめてしまった。やっぱりコロボックルはお話の中にしかいないんだ、と打ちひしがれた。

——だが、今にして思うことがある。

真夏の室温で二日も三日もほったらかしたミルクが、そう上手い具合にヨーグルト状になるものだろうか？　身も蓋もなく腐るのが関の山ではないだろうか。

もちろん、私の大人としての理性は、何かの弾みで空気中の菌が上手く混ざったのだろう、と判断する。だが、ひょっとしてひょっとすると——

熱心にお供えをしていた子供が出かけてしまい、ミルクが腐るのを見るに見かねたコロボックルがこっそりヨーグルトを作りに来てくれた、なんてことはないだろうか。

もし、あのとき挫けずにお供えを続けていたら今頃は——と想像するのは楽しい。

そんなわけで私は、日本のどこかに私より根気強くアプローチをしてコロボックルと「トモダチ」になった人がいるんじゃないか、と心のすみでこっそり期待しているのである。

（２０１１年２月）

［振り返って一言］　文庫解説などに差し上げた文章もこの本にいろいろ回収してみようとい

う試み。この本を読んだ方が「お、これも読んでみようかな」というきっかけになってくださればいいな、という願いを籠めて。

この解説を書いた頃は、まさかコロボックル物語の続編を引き受けることになるとは思いませんでした。佐藤さとるさんに名指しを受けたら断るわけにはいきません。『だれもが知ってる小さな国』他、絵本も含めて、コロボックル物語の続編に関しては自分で書いたものではありますが、自分の本とは思っていません。私は自分の立場を佐藤さとるさんに任命されたプロジェクトリーダーのようなものだと思っています。

プロジェクトは「コロボックルという種族をいついつまでも生き延びさせ、子供たちのそばに寄り添わせること」。それが佐藤さとるさんの望んだことです。世の中がどんなふうに移り変わっていっても、コロボックルがどこかにそっと暮らしていること。子供たちがコロボックルの存在を信じられること。佐藤さとるさんは、そのために自分の本からコロボックルを世界に解き放ったのです。

だから、私が死んだ後は、他の誰かが次のプロジェクトリーダーになって書くでしょう。コロボックルを未来へ運ぶ最初の事例として、『だれもが知ってる小さな国』はあります。この本はコロボックルを未来へ運ぶ船です。この本に著された手続きを踏まえれば、その世その世でコロボックルを書ける人は必ず出てくると信じています。

初代プロジェクトリーダーから、一つだけ書き手の資格を決めてあります。

佐藤さとる版のコロボックル物語をすべて読み、慈しんでいることです。

手続きがもう少し分かりやすくなるように、死ぬまでにあと何冊かコロボックルを書けたらいいなと思っています。

「物語」の先達たちとの幸福な出会い

私の家では、両親が小説や漫画など、いろいろな本を無造作に部屋に置いていたので、小さい頃から本が好きで、四～五歳の頃はグリム童話をマネしたりして、お話を作って遊んでいました。

小学校に入ってからは図書室の本を夢中で読みました。一位（※後述。以下同様）の『だれも知らない小さな国』も小学校三年生のとき、図書室で出会った一冊です。

主人公の「せいたかさん」が山でコロボックル（小人）と巡り合うのが当時の私と同じ小学三年生。私の故郷、高知も自然が豊かだったこともあって、コロボックルは本当にいるんじゃないか、あわよくば私が第二のせいたかさんにと本気で思っていました。

いま考えると、この作品は、子供向けだからと甘くは書かれていない。細かい所をリアルに固めているからこそ、本物の物語として読者の私があそこまで信じたのだと思います。

このコロボックル物語シリーズが文庫で復刊された際に、私は解説を書かせていただきました。そのご縁で、原作者の佐藤さとるさんと対談もさせていただいたんです。

私は、コロボックル物語は、佐藤さんが生み出した日本の宝だと思っているので、「時代時代の作家が、物語を書き継いでいくことができたら素敵ですね」とお話ししました。

そうしたら佐藤さんが、「じゃ、有川さんが書いてよ」とその場でご指名を受けまして。

私にとっては物語の神様のような人ですから、「これは、やるしかない！」と心に決めました。子供の頃、憧れた作品の新シリーズを私が書くなんて、タイムスリップして昔の自分に教えても、絶対に信じないと思います（笑）。

二位の『星へ行く船』は最初、友達に借りて読んだのですが、何度も読み返したいので、お小遣いを貯めて、初めて自分で買った本です。小学六年生のときでした。

それまでは物語の世界を楽しむだけで、「作家」という存在を意識したことはなかったのですが、この本と出会って、私も「作家」になりたいと思いました。

衝撃的だったのは、著者の新井素子さんが若くしてデビューされて、小学生の私からでも、従姉妹のお姉さんみたいな存在に見えたこと。「私も素ちゃんになりたい、なれるんじゃないか」と思ったんです。

物語の主人公である十九歳の女の子・あゆみちゃんが、親に反発したり、男性にドキドキしたりする瑞々《みずみず》しい気持ちにもとても共感して、自分に通じる物語として読んでいた気がします。

三位に挙げた『父の詫び状』は家にあった本の一冊で、母の愛読書。

エッセイ集なのに物語性があって、一篇一篇が珠玉の短篇小説なんですね。場面の見せ方が巧みで、自分とはまったく違う世代の話なのに、頭の中に風景が立ち上がってくる。

批評家の山本夏彦さんが、デビュー当時の向田さんを評して「向田邦子は突然あらわれてほとんど名人である」とおっしゃっていますけど、その通りの名人技だと思います。

このベスト3は、文章の書き方や小説について影響を受けたという意味で、私の人生に欠かせない作品です。こうやって見返すと、まさに優れた教師をつけてもらったような気さえします。

四位の『大きな森の小さな家』は、ドラマ化された『大草原の小さな家』をテレビで見ていたこともあって、熱心に読みました。

この作品は実際に西部開拓時代に少女時代を過ごした著者の体験を元に書かれているので、細部がとても具体的。ぬいぐるみを買ってもらえないので、木切れに布を巻いて作ったお人形を大事にしているとか。

このシリーズは全篇通して読むと一人の女性の一代記。青春時代の、恋愛の場面が出てくる部分では、胸がキュンキュンした記憶があります。私の書く恋愛ものの遺伝子は、確実にこの作品からも来ていますね。

九位と十位は、「ムツゴロウさん」として知られる、畑正憲さんの、ちょっと変わったグルメの本。日本では食べることのまずない、ライオンの食べ残した肉やコウモリなどに挑戦するんですが、ゲテモノでも描写が実においしそうで、食べてみたいと思わせる。一生おいしく読める本です。

私にとって、食べ物をおいしく描く二大作家は畑さんと向田さん。食べ物を描写するときはお二人のように書けたらいいなと願っているんです。

同時に、これは博物学的な本でもあります。私の「自衛隊シリーズ」や『図書館戦争』

にも相通じますが、自然科学や機械、乗り物など技術的な話にも魅かれます。そんな興味の持ち方が、私の場合、空想の物語を支える細部のネタを提供してくれていると思います。

◆有川浩の「人生最高の十冊」

一位　『だれも知らない小さな国』（佐藤さとる 著・村上勉 絵／講談社青い鳥文庫）

二位　『星へ行く船』（新井素子／出版芸術社）

三位　『父の詫び状』（向田邦子／文春文庫）

四位　『大きな森の小さな家』（ローラ・インガルス・ワイルダー 著・こだまともこ、渡辺南都子 訳／講談社青い鳥文庫）

五位　『妖精作戦』（笹本祐一／創元ＳＦ文庫）

……素ちゃんが女の子像のお手本なら、男子の思う「カッコいい男」は本作で学びました。

六位　『日本の昔ばなし1』（松谷みよ子／講談社文庫）
……容赦ない恐ろしさ、まがまがしさがあって、民話を現代に色鮮やかに再現している。
七位　『はなはなみんみ物語』（わたりむつこ／岩崎書店）
……これも小さな人たちの物語。一位のシリーズに比べて大冒険の物語ですが大好きです。
八位　『仁淀川漁師秘伝　弥太さん自慢ばなし』（宮崎弥太郎 語り・かくまつとむ 聞き書き／小学館）
……川漁師という希少な職業にこだわった弥太さん。私も直接取材しましたが素敵でした。
九位　『ムツゴロウの雑食日記』（畑正憲／文春文庫）
十位　『ムツゴロウの自然を食べる』（畑正憲／文春文庫）
番外編　最近読んだ一冊
『武士道ジェネレーション』（誉田哲也／文春文庫）
……剣道女子が活躍するシリーズ最新作。驕るな、僻むな、誇りを取り戻せというメッセージが伝わってきます。著者は男性ですが登場する女の子はカワイイ子ぶり過ぎず、媚び過

ぎない。誉田さんはキャラクターを描く天才ですね。　（2015年10月・談）

【振り返って一言】 一位から十位まではどこで訊かれても大体同じなんですが、番外編をどうしても入れたかったらしい。誉田哲也の青春物が大好きだ。キャラクター描くのほんと天才。特に少女。

コロボックルを継いで　――佐藤さとるさんを悼む

初めて佐藤さとるさんにお会いしたとき、「せいたかさんだ」と思った。歴史上の人物に出くわしたような気持ちで、とても背が高い佐藤さとるさんを見上げた。

お茶を出してくださった奥様を見て、思った。――おちび先生もいた。

私は用意していた質問の一つを自主的に却下した。

コロボックルは、本当にいるんですか？

それは、聞くまでもないことだった。

その代わり、おしゃべりの途中で、私はこんなことを申し上げた。

「私は、未来の子供たちにも、その時代のコロボックルが寄り添っていてほしいんです。コロボックルという存在は、佐藤先生が日本の言い伝えの中から発掘した宝だから、時代が過ぎるに任せて過去のものになってはいけないと思うんです」

すると、佐藤さんはこうおっしゃった。

「じゃあ、有川さんが書いてよ」

意表を突かれた。私としては「誰かがコロボックルを未来へ継承してくれたら」という完全な他力本願だったのだ。

だが、私はこう答えていた。

「分かりました。私が死ぬまでに次の書き手を探して、さらに次世代に引き継げばいいんですね」

私がコロボックルを受け継ぐ資格は、即答でこれを言ったことに尽きると思う。

コロボックルは、佐藤さとるが見いだし、世に出した瞬間に、日本の宝というべき概念となった。神様のように、仏様のように、あらゆる不思議な伝説上の生き物のように。それを受け継ぐということは、預かるということだ。預かる作家は、未来に向かうリレーの一走者でしかない。

私はそのことを本能的に知っていた。

コロボックルは、佐藤さとる版「コロボックル物語」で、コロボックルを未来へつなぐことを試みた。コロボックルという種を多くの子供たちの胸にまき、それが芽吹いた誰かが作家になることを待ち続けた。

私はその試みに見いだされた第二走者だ。

引き継ぎ第一作としては『だれもが知ってる小さな国』を二〇一五年に書き上げた。

第三走者となる子供たちへ。

取っかかりは私の書いたコロボックル物語でもかまいません。でも、きっと佐藤さとる版までさかのぼってください。

コロボックルが欲しているのは、佐藤さとる版で本質をつかみ、有川浩版の継承を見届けたうえで、コロボックルを次世代に運べる書き手です。

書いても自分の手柄にはなりません。あくまでリレーの走者として預かるだけです。それでもコロボックルの手足になろうと思える者だけが、コロボックルを書くことができます。

どうか、その志を持って、いつか誰かが私のところまでたどり着いて、バトンを受け取ってください。

最後に、第二走者として。

バトンを受け取った一冊目を、佐藤さとるさんのお目にかけることが間に合ったことを、コロボックルたちに感謝します。

本当にどうもありがとう。

（２０１７年２月）

［振り返って一言］　訃報は共同通信の記者さんから聞いた。コロボックルの継承を気にかけてくださり、記事を書いてくれた方である。「有川さんからお悔やみの言葉をいただきたい」と仰《おつしや》った。「自分としては佐藤さとるさんの訃報には有川さんのお言葉が必要だと思う」と。そう思ってくれたことが光栄でもあったが重圧でもあった。ついに逝ってしまわれたという喪失感の中で遮二無二書いた。

語れるだけのことは語り尽くしているので、後はもう「求む、次世代！」である。

バトンを受け継ぐあなたを待ちます

私たちにコロボックルをありがとうございました。

それ以外、言葉がない。

だが、それだけでは佐藤さとるさんのお気持ちもコロボックルの気持ちも伝えることにならないので、バトンを渡された身として、できる限り言葉を探そうと思う。

初めて佐藤さとるさんをお訪ねしたとき、「せいたかさんだ」と思った。歴史上の人物に出くわしたような気持ちで、当時の方としてはとても背がお高い佐藤さとるさんを見上げた。私の身長が百六十五センチ、その私が文字どおり「見上げる」のだから、本当にせいたかのっぽ――いや、せいたか童子だ。

ご自宅は、まるで子供の頃に誰もが夢見る秘密基地のようだった。母屋と離れ、

©ほしのゆみ

コロボックル
アイヌの伝承に登場する小人
「ふきの葉の下の人」というアイヌ語

そして庭には大小様々の木がにょきにょきと自由に生え、一面にふきの葉が茂っている。通していただいた離れは、ますます男の子の秘密基地。鉄道模型と本棚が小部屋にぎゅう詰めで、隅には応接のソファ。すみませんねえ、わたしがいなければ鉄道模型をもう一つ置けるのに。そんなふうに肩身狭そうに押し込まれている。

お茶を出してくださった奥様を見て、思った。――おちび先生もいた。目がくりっとしたかわいい小さなおばあちゃんで、昔はさぞや美人だっただろう。

「この人はね、ばかだったんですよ」と佐藤さんが言った。

「ばかだから、自分が美人だって知らなくてね。それで、ぼくなんかと結婚しちゃった。本当は女優になれるくらいだったのに」

お目にかかって、聞きたいことはたくさんあった。しかし、コロボックルファンとして誰もが聞きたいであろう質問は、私の口から最後まで飛び出さなかった。

コロボックルは、本当にいるんですか？

佐藤先生と奥様の並びを見ると、それは「聞くまでもない」ことだったのだ。代わりに、あてどない楽しいお喋《しゃべ》りの途中で、とりとめのないことを口に出した。

「佐藤先生は、子供だった私たちにコロボックルというプレゼントをくれました。私は、未来の子供たちにも、その時代時代のコロボックルが寄り添っていてほしいんです。コロボックルという存在は、佐藤先生が日本の言い伝えの中から発掘した宝だから、時代が過ぎるに任せて過去のものになってはいけないと思うんです」

　すると、佐藤さんはこう言った。

「じゃあ、有川さんが書いてみてよ」

　白状すると、私が口に出したのは「誰かがコロボックルを未来へ継承してくれたらいいな」という完全な他力本願だった。

　だが、うっかり他力本願を口にした私も、作家だったのだ。それも、コロボックルに育ててもらったような世代の。

　あてどなく投げた球が、私の胸元をえぐり込むように返球されたのは、必然だっただろう。光栄にも、佐藤さんは私の作品を気に入ってくださっていたと聞いている。

のこのこやってきた私を、しめしめとばかりに待ち受けておられたのかもしれない。

　私は即答した。

「じゃあ、私が死ぬまでに次の書き手を探して、コロボックルをリレーすればいいんですね」

　この即答が、私がコロボックルを受け継ぐ資格を示したことになったと思う。

　コロボックルは、佐藤先生が見出し、世に出した瞬間に、日本の宝というべき概念となった。神様のように、仏様のように、はたまた愛すべき畏怖すべき幾多の妖怪のように、日本の風土に息づく存在となった。

　それを受け継ぐということは、預かるということだ。預かって、未来に伝えるということだ。預かる作家は、リレーの一走者でしかない。

私はそのことを本能的に知っていた。だからコロボックルの一族は、佐藤先生を介して私を選んだのだろう。

リレーの第二走者として、私は引き継ぎ第一作となる『だれもが知ってる小さな国』を二〇一五年に書き上げた。

佐藤先生のお目にかけることが間に合ったことは、神様とかお天道さまとか、そういうものに感謝するばかりだ。

私はこれから第三走者となる世代を待つことになる。コロボックルが送ってくる物語をぽつりぽつりと書きながら。

これからコロボックル物語に触れるすべての子供たちへ。バトンを受け継ぐあなたを待っています。

取っかかりは私の書いたコロボックル物語でもいい。けれど、有川浩版コロボックル物語を読んで、佐藤さとる版コロボックル物語まで遡《さかのぼ》ってほしい。コロボックルの真髄は、佐藤さとる版を読まねば分からない。

コロボックルが欲しているのは、佐藤さとる版まで遡って真髄を摑み、有川浩版の継承を俯瞰《ふかん》したうえで、コロボックルを次世代に運べる書き手だ。

書いても自分の手柄にはならない。否、してはならない。あくまで預かるだけだ。それでもコロボックルの声を聞いて、コロボックルの手足になろうと思える者だけが、コロボックルを書くことができる。

どうか、その志を持って、いつか私のところまでたどり着いてください。
そして、コロボックルを未来へ。（２０１７年５月）

［振り返って一言］ 共同通信は地方紙配信のため全国紙がシェアを持っている地域をカバーできないので、産経新聞にも次世代募集コラムを掲載させていただいた。重複だが募集広告的なものとしてご容赦願いたい（スタンダードバージョン、長文バージョンということで）。

こちらは文字数がある程度自由になったので、共同通信では入れ込めなかったおちび先生についてののろけ話を書き足した。

「女優さんにだってなれたのに」「ばかだからぼくなんかと結婚しちゃった」この素敵なのろけ話をどうしても埋もれさせたくなかった。

相思相愛のふたりが相思相愛のままおじいちゃんおばあちゃんになったらこうなるのだなぁ、と思ったことを覚えている。瑞々しい恋人同士のようなご夫婦だった。

未来へ渡る本の世界を

『だれも知らない小さな国』――この本を読んだことがなくても、コロボックルという言葉は知っている方が多いのではないでしょうか。今でこそコロボックルの名前は私たちの社会に定着していますが、実はこの不思議な小人の存在を「物語」という形で現代に蘇らせたのは、佐藤さとるさんです。佐藤さんがコロボックルシリーズを著すまで、コロボックルという存在はアイヌの旧《ふる》い伝承の中に永い間眠っていました。

外国には小人の伝説や物語がたくさんあるのに、日本にはない。日本にも日本生まれの魅力的な小人が存在していてほしい。そう思った佐藤さんが多くの文献を探し回り、やっと見つけ出したのがコロボックルだったのです。

日本にも小人がいた！　その喜びが一頁一頁、一字一字からあふれ出してくるかのような第一作です。

児童書でしょ？　と思う人にこそ読んでほしい。小人なんかただのお話でしょ？　と思う人にこそ読んでほしい。大人が読んでも「コロボックルって実はどこかにいるんじゃないか？」と思えるほど、佐藤さんはコロボックルを緻密に考証・検証し、息づかせていきます。その生活の工夫や習俗の数々まで。

そのコロボックルのシリーズを、私は佐藤さんから引き継ぐことになりました。

第一作が書かれたのは昭和三十年代です。ですが、佐藤さんの発掘したコロボックルという愛すべき存在を、時の流れにただ委ねてまた眠らせてしまってはいけない。そう思った私は、お会いしたときにこんなことを言いました。

「未来の子供たちにもコロボックルがずっと寄り添っていていてほしいです。海外に作者が代替わりしながら書き継がれているSFのシリーズなどがありますが、コロボックルもそんなふうに未来に渡っていけたら素敵ですね」

するとと佐藤さんは仰ったのです。

「じゃあ、有川さんが書いてよ」

本が読まれなくなったと言われる昨今、世の中には様々な娯楽があふれています。本はアナログな娯楽かもしれません。しかし、そのアナログな娯楽が、こんなふうに未来に向かってジャンプする力を持っているのです。

未来へ渡る本の世界を自由に遊び、泳ぎ回れたら、きっと自分の中に種が蒔かれます。いつか芽を出し、育ちます。それは花かもしれません。木かもしれません。読んだ本から自分にどんな植物が育つか、一生楽しめる気の長い遊びです。

さて、私がお預かりしたコロボックルですが、佐藤さんがお元気な間に、引き継ぎ第一作をお目に掛けることができました。

コロボックルが未来に渡るためには、私が生きている間に、更に次世代の書き手に引き継がれることが必要です。

果たしてそれが叶うかどうか？　それを見守っていただくことも、本という気の長い遊びに数えていただければ幸いです。
（2018年4月）

［振り返って一言］　面白い取り組みであり、この企画に本を挙げるとしたらこれしかないと思った。

◆國學院大學によるブックプロジェクト「みちのきち」によって編まれた『みちのきち　私の一冊』に寄稿されました。
「未知のことを既知に変える基地、人生（道）の迷いに向き合う基地、機知に富んだ会話のできる大人になれるような本がある基地」という願いを込めたプロジェクトだそうです。

私に勇気をくれた本　『空想教室』（植松努／サンクチュアリ出版）

こちらは、『だれもが知ってる小さな国』書店回りの最中に買いました。札幌の三省堂さんが、入り口のところで全面展開していたのです。気合いの入れ方が「買って！」と訴えてきて、サイン本を作る前に「ちょっと待っていただいていいですか」とレジに並んで買いました。

こちらの書店さんにお邪魔しなかったら、気づかずに終わっていたと思います。こういう出会いをくれるから、リアル書店は素晴らしいのです（ネット書店も、もちろん便利ですけどね）。


さて、植松電機という会社をご存じでしょうか？

帯の文言には、「小さな町工場から自家製ロケットを打ち上げ、宇宙開発の常識を逆転」とあります。

この紹介だけで、何だか胸が躍ります。

この、わくわくするような会社の社長さんである植松努さんの講演スピーチを一冊にまとめたのが、この本だそうです。

公にロケットの打ち上げをしようとすると、規制がいろいろ大変だから、私有地である工場で打ち上げちゃう。など、とてもアクティブかつダイナミックなおじさんの一人語りで一冊が綴られます。

そのおじさんは、本の表紙で清々《すがすが》しく空を見上げています。

フツーのおじさんですが、とても素敵な佇《たたず》まいのおじさんです。

読んでいて、何だか涙がにじんでしまいました。

こんな夢多きおじさんが自由に跳ね回ってくれる日本は、まだまだ捨てたもんじゃない。

そう思って、嬉しくて涙がにじみました。

夢多きおじさんの素晴らしいスピーチは、実際に本を読んでいただくとして、私がこの本を紹介しようと思ったきっかけの言葉を、いくつか引用させていただきます。

・ぼくたちがロケットエンジンの試験をおこなって、誰も死ななかったのは、過去に命を落とした人が記録を残してくれていたからです。

本には、そんなすばらしい人間の努力と命が詰《つ》まっています。

・どんな本でもいいから、できるだけたくさん読んでほしいと思います。年齢《ねんれい》は関係ありません。マンガでも全然オッケーです。マンガにもいっぱいいいことが書いてあります。どんどん読むべきです。読まないよりも読んだほうが絶対いいです。伝記もかたっぱしから読んでほしいです。

・なにかをはじめようと思ったら、とりあえず本屋にいけばなんとかなると思いました。

こんな行動力のある素敵なおじさんが、事あるごとに本を読むことの素晴らしさを語ってくれているのです。

本には価値があると、何度も繰り返し伝えてくれているのです。

よその業界の人が、これほど読書の素晴らしさを語ってくれていることがありがたく、同時に、本当は本を作る業界こそがこういうことをアピールしなくてはならないのではないかと歯痒《はがゆ》さも覚えました。

読書の未来を閉ざさないために、自分の発信できることは発信していきたいと思いました。

『空想教室』は、私に勇気をくれました。

そして、最後に、私が常々思っていることに近いことを、植松さんも仰ってくれたので、その言葉を引用します。
・みなさんの命はとっても大切なものです。そして可能性にあふれています。
なぜ人を殺してはいけないかといえば、それは「人の可能性を奪《うば》ってしまうから」ではないでしょうか。

言葉を使って人の可能性を奪うことも、人の命を脅《おびや》かすことと変わりない、恐《おそ》ろしいことだとぼくは思っています。

言葉は、人を生かす利器にもなるし、人を傷つける凶器にもなります。
言葉は、刃物と同じなのです。
ネットで誰もが簡単に言葉を発信できるようになりました。
素晴らしいことです。
ですが、どうか、言葉が刃物であることを意識して綴ってください。
そして、できることなら、優しい言葉の達人に。

（２０１５年11月）

【振り返って一言】　自分が子供の頃に読みたかったなぁ、という思いを籠めて、自分の甥と幼なじみの息子さんにプレゼントしてみました（学校の朝読活動などで気が向いたら読んでみてねということで）。本を読むのが好きじゃない甥っ子は届いた本をほったらかしのようですが、幼なじみの息子さんはすぐに読んでくれたそうで、「面白い」という感想が届きました。『空想教室』の後もいろんな本を読んでくれているようです。
　種を二つ蒔いて、一つ芽吹いてくれました。もう一つもいつか芽吹いてくれるといいんですが。

新井素子的共感力　『ハッピー・バースディ』（角川文庫）

デビュー間もない新人が大先輩の作品解説というのも僭越《せんえつ》かと思いますが、編集様からは読者感覚で書いていいとのことですので、あくまで「一ファンとして」思いの丈を素でぶちまけさせて頂きます。というわけで以下ご無礼仕《つかまつ》りまして……

まずは初《しょ》っ端《ぱな》に、「私たちはみんな〝素ちゃん〟になりたかった」という基本前提を申し上げてみんとします。

というのは、私と同性同年代の作家トモダチと「影響を受けた作家さんは」という話をしていて「思春期時分の『星へ行く船』シリーズがライトノベルのファーストインパクトだった」という共通体験が出てきまして。「あの当時、小説家になりたい女の子はみんな〝素ちゃん〟に憧れてたよね」と大盛り上がり。

「あたし、森村あゆみ」と、とっつきやすい語り口に始まるSF物語は同時にあゆみちゃんの成長物語であり恋物語であり、どっからどのようにでも感情移入できる瑞々しい物語は、あたかも全方位型索敵システムのように当時の少女たちを次から次へと捕らえて離さなかったのであります、ってその喩《たと》えもどうか。いやしかし一回「素ちゃんレーダー」にかかるともはや回避不能迎撃不能、少女たちは長短自在の射程を誇る〝素ちゃん〟ミサイルに撃墜されるしかなかったのですよホント。

しかもそれを書いているのが後書きでも現役女の子節全開の「女の子」、それも高校生デビューと来れば——そりゃもう、「あたしも素ちゃんみたいになりたい!」と思う本好きな少女が量産されるわけです。かくいう私も当時量産された少女の一人なわけですが。

さてさて、そんな感じで少女たちの憧れの星だった〝素ちゃん〟なんですが、その後も全方位型索敵システム絶好調。しかも索敵範囲が年を追って拡大しとるんですが。『結婚物語』、『新婚物語』でついに「何も不思議なことの起こらないフツーの物語」さえも物した〝素ちゃん〟ですが、ある日うちの父が「おもしろいから読んでみろ」と『新井素子の?(ハテナ)教室』を私に差し出したときは愕然《がくぜん》としたものです。

「つ、ついに我々の親父の年代さえも索敵範囲に入った……!」

もう〝素ちゃん〟は我々少女だけのもんじゃない。そのことを嬉しく思いつつ、ちょっと寂しくもありました。

「もう『私たち』の素ちゃんじゃない、年齢とか性別とかジャンルとかそういうカテゴリー全部取っ払って『みんな』の新井素子なんだ……」

そして〝新井素子〟の魅力には、「少女の星」であった頃から現在に至るまで一貫して変わらない背景があります。

それはSF、ファンタジー、日常物、ホラー、エッセイ、コラムに至るまですべての〝新井素子作品〟に共通して貫かれています。

僭越ながらかつての一少女として述べさせて頂きますと、それは「共感力」ではないかと思うのです。

新井素子のある作品には、他人と感情を同調させてしまい、更には他人の感情を自分に同調させてしまう「感情同調能力」という超能力を持ったキャラクターが登場しますが、この「感情同調能力」というのはまさに作家・新井素子の能力なのでは、と私などは思ってしまいます。

それくらい〝新井素子作品〟は読者を共感させる力が強いのです。とっつきやすい語り口で気軽に読みはじめ、ふと気がつくと登場人物に深く同調してしまっている。

前述した『？（ハテナ）教室』などのエッセイでさえ、「科学とか全然分かんない一般人キャラ」としての新井素子がうちの父のようなおっさんにまでも共感力を発揮しているわけです。


そして、そんな共感力を持つ新井素子がホラーを書いたとしたら、それはもう恐くないわけがない。

というわけで、『ハッピー・バースディ』です（なっがい枕ですなしかし）。

この物語にお化けは出ません。怪奇現象も超常現象も起こらないし、陰惨な殺人も猟奇もスプラッタもない。

登場するのは、理解のある旦那にやや依存気味の主婦作家と、最近やなことが重なってちょっとやさぐれ中の一青年。

どちらも「ホラー」というきらびやかな恐怖の主役をこれから担うとは思われないほど地味、ここからホラーが始まるなんて到底思われない。

ところが、これが怖いのですなー。地に足の着いた怖さというか、じっとりとイヤーな怖さや息苦しさが触手のように読み手のキモチの表面にまとわりついてきて、ある臨界を過ぎるとその触手が一気に内部への侵食を開始する。

物語の要素自体を抜き出すと、まったく大袈裟《おおげさ》なことは起こってません。何か事件があるわけでなし呪いや祟りがあるでなし、きっかけに至っては見知らぬ他人同士の間で後から思い返すと不幸な接触が一度あった、ただそれだけです。しかも片方は接触があったことにすら気づいていない。いつでもどこでも誰でもうっかり踏みそうな些細《ささい》な陥穽《かんせい》。日常から異常へと落ちる穴。

たったこれだけのことで、と思うようなことからそれは始まってしまう。

そして読者のほうにも同時にそれは起こっているのです。「たったこれだけのことで」「読みやすい語り口に乗ってその本を読み進めただけのことで」それは始まってしまう。

主人公たちのありふれた、誰にでも起こり得る、それだけに他人事《ひとごと》でないリアルな狂気に同調させられてしまう恐怖が。

これは一種の反則技です。新井素子の人並み外れた「共感力」という特性に拠って立つ、新井素子にしか不可能な恐怖の手法です。いざホラーに使われるとものすごい飛び道具でした、「新井素子的共感力」。

あなたもぜひ侵食してくる「ありふれた恐怖」「ありふれた狂気」を味わってください。この物語は傍観者であるはずの読者を取り込みに来ます。侵食された自分の心が救われるためにページを繰らねばならない切実な恐怖を感じてください。

個人的事情になりますが、自分が「主婦作家」になってみるとこのお話はますます恐怖でして。私だけがこんな怖い思いすんのは理不尽にも程があるので、文庫化を機会にこの怖さを共有する仲間がより一層増えてほしい次第であります。そんなわけで、

皆さんこの怖さを存分に思い知ってくださるがいいですよ！

と甚《はなは》だ手前勝手な本音を述べて憧れの新井素子さんの作品解説の結びとさせて頂きます。

（2005年9月）

【振り返って一言】 父に『？（ハテナ）教室』を差し出されたときの誇らしさと寂しさが同時に襲ってくる感じは今でも覚えています。お隣のおねえさんが歌手になって全国デビューしちゃった的な……手の届かない遠くへ行ってしまった的な……と思ったらよもや手が届いてしまうとは人生何が起こるか分かりません。

『空の中』が刊行された当時、書評を書いてくださっていました。ご本人のポリシーによってベタベタに誉め倒してくださっていました。「素ちゃんに届いた」、いえ、手は素ちゃんが差し

出してくれていたのです。この感動にこれほど震えることができた直撃世代は、もしかしたら私だけかもしれません。

奇をてらわないまっすぐさ　『ミミズクと夜の王』（紅玉いづき／電撃文庫）

白状します。泣きました。奇をてらわないこのまっすぐさに負けた。チクショー。

正直なところを申し上げるとかなり忙しい時期に頼まれた解説でしたので、目を通すのが面倒だな、という気持ちが一抹あったことは否定しません。であればこそさっさと義務を果たしてしまおう、と原稿が届いてすぐ読みはじめた訳なんですが、うわっ何だこの引力。

襟首摑まれて原稿の中に引きずり込まれる感じがしました。やっべ、コレうっかりすると飲み込まれるぞ。解説頼まれてんだからずるずる一方的に持ってかれる訳にはいかんぞ。慌てて腰を据え直し、後は綱引き状態でしたね。綱引きというより釣り？　しかも竿《さお》は相手で魚が私だ。しかもラインのぶっといこと！

結果として一気読みのうえ泣いてしまいましたんで、見事に引っこ抜かれたことになります。よって勝ち負けでいうと私の負け。ああ負けたとも文句あるか！

平易な文章で綴られるお伽噺《とぎばなし》のような。

昔々あるところに、で始まるお伽噺に世界の設定が詳しくついていないように、この物語にも登場する世界や国に詳細な設定は語られません。

語る必要がないのです。この物語は「昔々あるところに」で構わない。まったく構わない。

これは、摑みどころがない性格の、作中の言葉を借りれば「少し足りない」、しかし不思議な引力を放つ一羽のミミズクのお伽噺です。

そしてそのミミズクが夜の王と出会う、ただそれだけの物語です。そして彼らを取り巻く全てのキャラクターの愛《いと》おしいこと。それは取りも直さずミミズクの愛おしさでもあります。

人が（そしてこの世界では魔物も？）なりたい自分になることはとても簡単でとても難しい。変わりたいと思いながら変われずにあがき、あるいは諦観《ていかん》する。

そんな人々の前に現れた小さな夜の鳥が、小さな欠片《かけら》を落としていきます。それは変わるために必要かもしれない些細な欠片です。しかし鳥のほうは何の気なしに落とした欠片に何かの意味があるなどとは思っていないのです。だからこそこの鳥は愛おしい。

その鳥が、初めて明確な強い意志を持ったとき——何が起こるのかは、皆さんの目で確かめてください。あるいはもう確かめられた後でしょうか。

奇をてらわないまっすぐな、こちらの胸に真正面から飛び込んでくるような結末を受け止めてください。皆さんの胸に飛び込んでくるのはその愛おしい鳥です。

その鳥を抱きしめられたら、あなたはもしかすると何かの欠片を手に入れるかもしれません。

（２００７年２月）

【振り返って一言】　摑んで持っていく力がとにかく強い人だと思いました。自分だけの、独特の世界を持っていて、全く揺らぎがない。表現者が振り回されざるを得ない世の評価というものからさえこの人の世界は自由だと感じました。

一生ファンです、と断言できる『ぼくんち』（西原理恵子／小学館）

「サイバラ」「りえぞう」のニックネームでお馴染《なじ》み、西原理恵子さん。

私と同郷、高知の偉大な漫画家さんです。

私がいつも映像化のときに「人は人、我は我、されど仲良し」というコメントを発表しますが、実はこの言葉は西原さんの漫画から教わりました（サイバラファンには言わずもがな、西原さんのお母さんである「淑子」さんがよく仰る言葉として出てきます）。

元は多分、武者小路実篤の「人は人、我は我なり。されど仲よき」。

でも、淑子さんの中で咀嚼《そしやく》されて「人は人、我は我、されど仲良し」と淑子さんの口調で出てくる言葉です。

その咀嚼されて自分の言葉として馴染んだ等身大な感じが、読んだときに私の中にスッと染み込んだので、私がこの言葉を使うときは、西原さん版（淑子さん版？）の「人は人、我は我、されど仲良し」です。

最初にこの言葉を引用して実写化についての「観る権利・観ない権利の尊重」をお願いしたときは、西原さんの言葉ですと前置きしていたのですが、いつのまにか原典をご存じない方も増えたようなので、改めてご紹介。

私はこの言葉を西原理恵子さんの漫画で教わりました。

（再々出てくるお言葉なので、どれで最初に読んだかは覚えていません。年季の入ったファンなので、膨大な作品を愛蔵版までほとんど全部持っているのです）

振り返ってみると、人生で大事なことは、かなり西原さんの漫画から教わっているなぁと思います。

西原さんの姿勢や腹の括《くく》り方は、高知の女としてすごく自分にも馴染むことが多いのです（私は気が小さいのであれほどかっこよく無頼《ぶらい》にはなれませんが……）。

最近はすっかり『毎日かあさん』（毎日新聞出版）な西原さんですが、過激なギャグに交えて、やはり人生の杖になるような言葉がところどころにちりばめられています。

アルコール依存症だった前夫・鴨ちゃんを見舞った後の「好きだった人を嫌いになるのは難しいなぁ」という呟《つぶや》きなどは、愛情の難しさがぐっと刺さります。

嫌いになれたら、簡単なのにね。嫌いになれないから、難しい。

そして、私が今も昔も変わらず大好きなのが、『ぼくんち』です。

カラー版の『ぼくんち1』、『ぼくんち2』、『ぼくんち3』。

モノクロ版の『ぼくんち〈全〉』がありますが、できることならカラー版で読んでいただきたい。

漁業と風俗しか産業がない町で、一太と二太の兄弟が暮らす家に、血の繋がっていない「ねえちゃん」がやってくる。

三人姉弟の生活は、いわゆる「底辺」で、貧困。ねえちゃんはピンサロで働いて弟を養っています。

乱暴でこすっからい大人がたくさんいる世界で、でも決して姉弟は不幸ではないのです。貧しい中に、吹き出してしまう笑いがある。

幸せと呼ぶにはあまりにも苛酷で乱雑で、でも人が人になるために絶対に必要な「愛」が、姉弟の生活にはあるのです。

初めて読んだとき、笑って笑って笑って、泣いて泣いて泣いて、放心状態になりました。今でも、気持ちが疲れると読み直す作品のひとつです。

この作品を読んだら、西原さんが自虐ネタにしている「絵が下手」というのが嘘だということが分かります。

西原さんは、あのシンプルな線と、その線に載せるおおらかな色で、世界の奥行きを深く表現しています。

人が人になるために絶対に必要な宝物を、一太も二太もねえちゃんも、その日暮らしに近いような生活を送りながら、読者に惜しみなく分け与えてくれます。

未読の方は、ぜひ、分けてもらってください。

私がどんなに精神的に追い詰められても、それでも世界の優しさを信じることができるのは、多感だった頃に西原さんの漫画をたくさん読んでいたことも影響していると思います。

一生ファンです、と断言できる漫画家さんの一人です。

（２０１５年12月）

【振り返って一言】 出典が曖昧になってしまっている言葉といえば、作家の執筆スタイルを表現した「プロット派」「ライブ派」もあります。こちらは電撃文庫の先輩作家さんである川上稔さんの言葉です。インタビュー時には必ず川上さんの名前を出しています。本当は川上さんの名前も入れて記事を書いてほしいんですが、字数の制限などでなかなか難しいんでしょうかね……

『ぼくんち』は一生のバイブルです。これを多感な時期に読めたことは、私の人生でかなり幸運なことだと思います。

那州雪絵は甘くない　『月光』（白泉社文庫）

もう十五年ぶりくらいになりますか、この機会に『月光』を再読致しました最初の感想が表題です。

私が那州雪絵さんを初めて知ったのは、多くの方が同じルートをたどったと思われますが『ここはグリーン・ウッド』においてであります。そして多くの読者さんと同じようにダダはまりし、那州作品を追いかけはじめるわけです。


しかし、追いかけはじめてやがて気づくようになります。

那州さんのポップな絵柄、卓越したストーリーテリング、そしてハイクオリティな笑いのセンス。それらに幻惑されて一瞬見過ごしそうになりますが、実は「那州雪絵は甘くない」のです。

代表作の『ここはグリーン・ウッド』からしてそうでした。コメディの体裁を取りながら、実は要所要所に「楽しい」「面白い」だけでは済まない「現実」が刺してある。

「現実」は全ての人に等しく存在し、それは決して甘くない。

もちろん人生は楽しい、楽しくありたい、しかし同時に「ままならない」ことが一人一人にたくさんある。それが他人から見るとどんな些細なことでもです。

それがテンポのいいストーリーで軽妙に、しかし実は容赦なく描かれている。それが那州作品の特徴であると個人的には思います。

『月光』をリアルタイムで読んでいた学生時分。

鮮烈に始まったカイトと藤美の恋。ファンタジーに分類されるであろうこの物語は、実はヒーローとヒロインが異世界をまたぐという、ある意味究極の遠距離恋愛物語です。

そしてそこで書かれているのは、実は究極の遠距離恋愛の葛藤《かっとう》です。

恋に恋するお年頃の読者であった私は、せっかくカイトに再会できたのに元の世界へ――東京へ帰ろうとする藤美が理解できませんでした。

何で!? 両思いなのにどうして帰っちゃうの!? どうして結ばれることを選ばないの!?

でも今なら分かります。彼のことは好きだけど、自分に関わる全ての愛しい人々をそんなに簡単に捨てられないということ。

これが現実の世界であれば。たとえ地球の裏側だって「一生会えないわけでもないし」と思い切れるかもしれません。手紙もあるし電話もあるし、今ならメールも。しょっちゅうは無理でもたまには里帰りだってできるでしょう。

ですが、藤美に突きつけられたのは、本来は行き来することも叶わない――カイトを選ぶと同時に、自分の大切な人々を捨てなくてはならない異世界です。しかも藤美はそれを決意して旅立ったのではなく、親しい人たちに別れすら告げてはいないのです。そのうえ自分の育ってきた生活様式さえも全て失われ、一からその世界に馴染んでいかなくてはならない。

最初は何も考えていなかったカイトですらやがて考えるようになります。自分なら自分の育ってきた世界を捨てて東京へ、藤美の世界へ行けるのか。一時の勢い任せではなく、真剣に選択するとすれば。

それは自分の世界への執着というより、それまでの自分の人生への執着です。だとすれば簡単に捨てられるわけがない。簡単に捨てられるとしたら、その人はとても不幸です。

胸を射抜かれたシーンが二つあります。

「……バカね今まで気づかなかったの⁉　あたりまえでしょ　あたしたち世界が違うのよ‼」

今にして思えば藤美のこの台詞《せりふ》が物語の帰結を既に暗示していたのだな、と。

何だ、こんなところで、こんな序盤で既に彼らの安易なハッピーエンドなどあり得ないと那州さんは読者に突きつけていたんじゃないか。今読むと胸に突き刺さります。

そしてもう一つ射抜かれたのは、全編を通してたった一度の、最初で最後の二人のキス。

こんなに切ないキスは他に知りません。何故なら——いくら当時の私が恋に恋するお年頃な読者でも分かった、このキスで二人の恋は終わるのだと。

叶うと同時にこの恋は終わったのだと。

個人的に『月光』は那州作品の中で最も「甘くない」作品だと思います。

カイトと藤美の恋以外にも、その「甘くなさ」は厳然と貫かれています。

たとえば自分の居場所が分からずに流れ続けたサバ。彼に舞い降りた救いは「こんなときまで一人じゃなくてよかった」ということ。それまで抱え続けた孤独に対して、与えられた救いはたったそれだけ。

そしてこのとき同じ場所で対照的に一人息絶えたギンガ。

このときの藤美の台詞が那州さんの言いたかった全てではないでしょうか。

「救えるものは救えるけど救えないものは救えない」。

それはたとえ魔法が使えても。現実の私たちの世界においても。

現実は理不尽で、私たち一人一人のことなど気にかけてはくれません。不意に降りかかる不幸は降る先を選んだりしません。ただ気まぐれに降り、たまたまその場にいた誰かを不幸にする。

理不尽で不条理で残酷な世界。けれどそれは誰を恨んでも仕方がない。ただ無力な私たちは無力ななりに生きていかなくてはならない。

そうした意味で、最終回におけるロリスの独白はとても好きです。

「まぁ最後の最後の一歩てのは例えばこんなところか」。

彼は世界の無慈悲を淡々と受け入れています。

　しかし、このとき「持たざる者」であった彼は、当然「持たざる者」として命を落とす筈であったところを助かります。

　そして同じころ、「王の間」では強大な二人の「持つ者」が息絶えている――これもまた対照的で皮肉な「世界の気まぐれ」です。

　人生は何が起こるか分からない。良くも悪くも。何を持っていても何を持っていなくても。

　それでも私たちは歩いていかねばならない。それを那州作品は常に教えてくれているような気がします。


「那州雪絵は甘くない」、しかし「甘くないがゆえに面白い」。

　そんな那州さんがカイトと藤美の恋に与えた結末もやはり甘くはなかった。

　ラストで読者は二人の恋の顚末を徹底的に思い知らされます。世界も時間も完膚《かんぷ》無きまでに分かたれた二人を知ります。

　それでも、窓が開け放たれた〝藤美の部屋〟を描いたラストシーンに、切ない爽やかさを感じるのは私だけでしょうか。

　もしかしたら藤美は、しっかりと自分の世界で自分の人生を生きたであろう藤美は、今度こそこの世界には戻ってこないのかもしれません。


（２００８年７月）

【振り返って一言】 思い出すだに厳しい話だったなぁと思います。リアルタイムで読んだ若い頃はあまりにも苦くてなかなか読み返せない作品でした。今のほうが趣深く読み直せます。少女漫画というフィールドで、人間の分際を描いた作品であったと思います。

「魔法使いの娘」（新書館）
シリーズに出てくる
クダギツネのテンテンがかわいくて
よく読み返します…

描き文字・イラスト＝有川ひろ

こんな物語を待っていた　『妖精作戦』（笹本祐一／創元ＳＦ文庫）

私たちの年代に『妖精作戦』がもたらした衝撃は、おそらく現在の若い人には説明しきれない。

当時ライトノベルという言葉は存在しておらず、従ってＳＦ的でヒロイックな物語を嗜《たしな》む若い年代に特化した読み物は今と比べてたいへん少なかった。

中でも「学園物」というジャンルは手薄だったように思う。それも読んでいる若者が自分の生活をリアルに投影できるタイプの作品は皆無だったと言っても過言ではない。血湧き肉躍る冒険の物語は常に私たちの住んでいる平々凡々な世界とは無縁の場所で展開された。——例えば宇宙であるとか未来であるとか異世界であるとか。

そしてその世界を駆け巡る登場人物たちもまた、平々凡々な私たちとは無縁の人々が多かった。超人的な能力を持っている素敵な登場人物は人格や立ち居振る舞いももちろん素敵でカッコいい。間違っても「屁が出る」などとは放言なさらないし、エロ本の回し読みなどもなさらない。銀幕のスターに憧れるように登場人物に憧れを投影するのが当時の正しい登場人物の愛《め》で方であったと思う（現在は「キャラ萌え」という便利な言葉ができている）。

さて、そんな中に突如として登場した『妖精作戦』である。

一言で言えば型破りであった。

何がといえば、まず舞台である。オープニングは新宿。「お昼休みはウキウキウォッチング」と歌う例の番組で有名なアルタ前などが名指しで出てきて、東京に行ったことがなくてもとにかく「東京」だと分かる。

主人公の榊裕《さかきひろし》はオールナイトで映画を九本ハシゴして高校の寮へ帰るところだ。券売機の前で女の子に声をかけ、寮へ帰り、ルームメイトと夏休みの宿題について馬鹿話を繰り広げる。――おやおや、一体どうしたことだろう。

高校が全寮制というところこそ物珍しいが、榊のたどる行動はまるっきり日本のどこにでもいそうな、ごく平凡な男子高校生そのままである。――少なくとも、当時平凡な学生であった私たちが真似しようとしたらすぐに真似できる程度の生活様式の中に、榊裕を始めとする登場人物たちは生きていたのである。

これが当時どれだけ鮮烈なことであったか、想像がつくだろうか。

特に榊裕はまったくもって等身大の高校生だった。映画が好きというだけで特別頭がいいわけでも勉強ができるわけでも運動ができるわけでもなく、知り合った不思議な美少女転校生の尻を追いかける形で事件に巻き込まれていく。彼は「ちょっと気になるカワイイ女の子が誘拐されそうになったからとっさに追いかけてしまった」だけで、事件そのものに対する主体的な使命感などは何もない。

そして特殊な能力を何ら持たない彼は、物語の中で徹底的に無力である。ただただ状況に流されるままだ。これだけ「現代日本の高校生」としてリアルな主人公は『妖精作戦』以前のＳＦジュブナイルには存在しないのではないだろうか。

榊に比べれば友人の沖田《おきた》や真田《さなだ》はまだヒーローっぽい。しかし、それも多少腕っ節が立って機械系の知識があってバイクに乗れるとか、身が軽くてやたらと小器用であるというレベルで、まったく現実離れした能力の持ち主ではない。登場人物と同じ年頃の読者でも頑張ったら手が届かなくもないような気がするヒーロー度なのである。当時、沖田になろうとした男子高校生がきっと大勢いたに違いない（ちなみに英語を喋れる沖田が帰国子女であるという設定は当時のジュブナイルには珍しい濃《こま》やかさだったと思う）。

榊・沖田・真田の三羽ガラスは、読者が憧れを投影する対象ではなかった。彼らと同じ年頃であった読者が等身大の自分を投影する憑代《よりしろ》であり、また本の中に住んでいる「仲間」でもあった。

『妖精作戦』は当時初めて現れた、現実世界に生きている等身大の私たちのための物語だったのだ。

こんな物語を待っていた。『妖精作戦』は当時の若者に熱狂的に支持された。

等身大の自分たちなんて平凡でつまらないと思っていた。そんな自分たちに物語の主役を張れるほどのきらめきを見出してくれたのが『妖精作戦』だったのだ。

ちなみに女性読者的には、学生三羽ガラスの中で一番人気が高かったのはやたらとユーティリティの高い沖田だったかと思う。

次いでお茶目ながらもやるときはけっこうやってくれちゃう真田、主人公である榊に注目する女性読者は私の周囲では皆無だった。

前述したが、何しろ彼は無力だ。地味だ。沖田や真田と違ってカッコイイ活躍シーンはまったくない。

事実、シリーズ第四作『ラスト・レター』の登場人物紹介では「主役のはずである」などと書かれてしまっている。対して沖田は「脇役のはずである」だ。

何故こんな何の特技もない平々凡々を絵に描いたような映画オタクの少年が主人公なのか、当時は理解に苦しんだ。主役のはずなのにまったく目立たない榊と、脇役のはずなのにやたらと目立つ沖田は、役割を完全に逆転しているかのように見えた。どうして主人公が沖田じゃないんだろうとさえ思った。

だが、私と同じく『妖精作戦』読者であった夫が榊についてこう言った。

「でも、榊がいないと何も始まってないんだよ」

——なるほど、腑《ふ》に落ちた。

確かにめまぐるしい事件の中で、見た目に分かりやすく活躍するのは沖田と真田だ。だが、沖田と真田が活躍するような状況に彼らを連れていくのは常に榊である。

好きな女の子と一緒にいたいというただそれだけで、彼女が背負っている事件の意味など考えずに榊はその渦中に飛び込んでいく。

その身の程知らずとさえ言えるほどの思いの強さが常に物語を牽引しているのだ。

だとすれば榊こそが物語を動かす「意志」なのだろう。物語を動かすのは常に「意志」ある者だ。そういう意味で、榊はやはり『妖精作戦』の主人公にふさわしいキャラクターだったのである。

友人である沖田と真田は、榊の「意志」を受けて初めて動き出すのだ。「友達のあいつがああ言ってるから付き合ってやらないと仕方がないな」と、いかにも高校生の友人同士らしい義理堅さで。

どこまでもどこまでも『妖精作戦』は「現代高校生のリアル」に則って突き進む。いろんな事情なんて知るか、好きな子と一緒にいたいんだというがむしゃらな恋心。仲間の無謀に「友達だから」ととことん付き合ってしまうノリの良さ。どちらも高校生として充分「アリ」だ。

最終的には地球を飛び出して月にまで行ってしまうようなはちゃめちゃな物語が違和感なく受け入れられるのは、高校生としての心情や行動原理がリアルだからである。

登場人物の気持ちに嘘がなければ、読者は筋立てのフィクションの大体を飲み込める。そのことを『妖精作戦』は証明している。

だが、若者の思いの強さですべてが上手くいくという話だったら、『妖精作戦』は初版から二十七年経ってもなお復刊を望まれるほど鮮烈な作品としては残っていなかったと思う。

全四冊からなる『妖精作戦』シリーズは、軽快なノリの良さを全編に貫きながら、最終巻へ向けて青春の葛藤や懊悩《おうのう》、ままならなさや挫折《ざせつ》まですべてを描き尽くしている。

描かれる苦さは徹底的に苦い。こんな苦さを思い知らせなくてもいいじゃないかと言いたくなるくらい苦い。それは軽快な楽しさが鮮やかであればあるほど。――いや、苦さが斟酌なく描かれたからこそ、青春のきらめきはより一層増すのかもしれない。

若い頃はその苦さに反発した。その苦さが恐くて読み返せないときもあった。

だが、今読み返すと、容赦なく描かれた苦さも含めて『妖精作戦』は偉大な青春物だったと痛感する。

大人になり、作家になった今、きらめきも苦さも等しく味わわせてくれた偉大な青春物に心からの感謝を捧げたい。

（2011年8月）

［振り返って一言］　苦い作品についての解説が並んだことに何となく運命的なものを感じたり。伝説的な作品でした。今、同じ現象を示せと言われたら例が思い浮かばないほどに。あまりにも苦かったので、「素ちゃん」のように屈託なく「今でも大好き！」とは言えません。好きな分だけかさぶたも大きかった。そして、そのかさぶたは未だに存在を主張しています。爪痕を残されるというのはこういうことだろうなぁと思います。一生に一度のレベルの爪痕です。

ミステリ部分、ぶっちゃけ……　『少女ノイズ』（三雲岳斗／光文社文庫）

自慢じゃないが、ミステリとSFに対する適性がない。理由は簡単、私は論理的な思考能力がかなり残念な人なのである。難しい理屈が出てくるとあっという間にわけが分からなくなるのである。

たまにトンチキなうそっこ空想科学を書いたりするので、世間様でSF作家と呼ばれることがあるのだが、面と向かって言われた場合は「過分な称号です」と謹んでご辞退申し上げる。私にとってSFとミステリは一種の聖域であり禁域であり、頭のいい人が出入りする場所ということになっているのである。そんな場所に自分を位置付けるなど「思い上がるな女！」と天から雷で打たれてもおかしくない暴挙である。冥利《みょうり》が悪い。

それでもトンデモ科学を商っている分には著作がSF属性を帯びていると解釈されることは仕方ない、とある程度納得しているが、心の広い方はたまに私の著作を摑まえてミステリ属性をも見出してくださることがある。

「ミステリとしては弱いが」等の評をいただくと「すみませんミステリを最大射程の広義で適用していただいてホントにすみません」と心の中で土下座している。有川浩にミステリ要素などギリギリチョップの最拡大解釈だ。

かようにミステリ・SFに関して書くほうは残念な作家なのであるが、読むほうもからっきしかといえば実はそうでもない。頭脳が残念な人にもたった一つ許された読書法がある。

ザ・キャラ読み。

作中に登場するキャラクターに感情移入し、物語の筋だけを追いかけていく読み方である。私のようなミステリ適性の低い読者が作中の謎解きをどのように読んでいるかといえば、

・探偵○○、作中にて犯罪のトリックを鮮やかな弁舌で解体 ↓ 何だかよく分からんけどじっちゃんの名にかけてこのシーンで謎が解けたということは分かった！ それにしても謎を解く○○さんはかっこよかったなぁ。

一事が万事この調子である。ミステリ界に名だたるシリーズもあれこれ読んだが、読み終えた今となってはトリックなど一つも覚えちゃいない。

何か知らんがすぱーんと謎が解けてかっこよかった、以上おしまい！ である。

ミステリ読みの皆さんにはさぞや異論があろうが、これはこれでどんなベタなネタでも最後に必ず「謎解きすごーい！」と手放しで感心するのだから作家にとってある意味これほどやりやすい読者はいないのではないだろうか、という解釈はダメですか。

ただし、キャラ読み派にとってミステリを楽しむために絶対外せない条件がある。キャラクターとキャラクターに付随する物語が魅力的であること。キャラクターの人生よりも謎の巧緻に重きを置くタイプのミステリは「お呼びでないね、こらまた失礼」と植木等ばりに退散するよりない寸法である。

そして『少女ノイズ』である。

解説の依頼が来たとき、三雲さんには「ミステリとして解説を書くなら私は人選ミスもいいところですよ」と正直に申し上げた。三雲さんは「もちろん有川さんにそんなものは期待していません」とのこと。「キャラクター小説として評してほしいので有川さんなんです」三雲さんは作家としてだけではなく、ビジネス感覚もたいへん優れたクレバーな方である。人選ミスを心配するなど若輩が僭越もいいところだった。

そして『少女ノイズ』がミステリとして高い評価を得ていることを知りながら敢《あ》えて暴言を吐こう、「ミステリ部分、ぶっちゃけどうでもよかった」。

『少女ノイズ』は私にとって上質かつシンプルな青春恋愛小説である。

自称したわけではないが、私は世間様でベタ甘恋愛小説家と認識されていることが多いようだ。SF作家と呼ばれるよりはよほどこちらの呼称のほうが受け入れやすいというくらい、ベッタベタの恋愛物は読むのも書くのも大好きである。

だもんで、私はエンタメ作品の中の恋愛要素には敏感である。行間のどんな隙間に埋もれ、どれほど巧妙に偽装されていようと、甘酸っぱい恋の予感は嗅ぎ漏らさない。その点、私の嗅覚は麻薬捜査犬よりも確かだと思っていただこう。

もっとも、本作に関しては私が鼻息荒く嗅覚を誇るまでもない。三雲岳斗は読者に向けてド直球を投げ込んでくるからである。

彼と彼女は出会った。——ここから二人は始まるのだと。

読めば分かる。

主人公は苗字の高須賀からスカというあんまりといえばあんまりな渾名で呼ばれる大学生。何故か犯罪現場に執着する癖を持ち、幼い頃の記憶が一部欠落している。

その渾名を「腐肉食動物《スカベンジャー》のスカなんでしょう?」とこれまたあんまりな指摘を初対面で投げつける美少女は、音響機材に繋がらない大きなヘッドフォンをつけ、舞台となる塾のいたるところで死体のように寝っ転がっている斎宮瞑。明晰な頭脳を持ち、周囲に要求される「出来のよい子供」という役割を器用に演じる瞑もまた、演じることで自分の内面に深刻な欠落を生じている。

「ミステリ部分、ぶっちゃけどうでもよかった」と先ほど書いた。実は、それは三雲岳斗の本音の一部を衝《つ》いているのではないかと私は自負している。

この二人が邂逅《かいこう》したシーンで、私は強烈なメッセージを受け止めた。

『これはこの二人が出会うための物語ですよ。その他の物事にこの二人が出会ったことより重要な意味などありませんよ』

要するに三雲岳斗はミステリにかこつけて二人の恋を書きたかったのだと私は思っている。

しかし、真っ向勝負で恋ゴコロを扱うのは実は作家であっても気恥ずかしいものである。恋愛物のイメージが強い私でさえ、恋愛「のみ」という作品は書いたことがない。私は恋愛を取り回すために「自衛隊」とか「怪獣」とか「雑草」とか恋愛とかけ離れたギミックをぶち込むのだが、この場合、私にとって「自衛隊」その他は含羞《がんしゅう》である。真っ向勝負で恋愛物は腰が退《ひ》けるけど、自分の得意分野である自衛隊をぶち込んでおけば照れずに取り回せるという寸法。

同じように『少女ノイズ』においてのミステリ要素は三雲岳斗の含羞ではないかと思うのだが、この見立てはいかがなものだろうか。けっこういい線衝いてませんか三雲さん。

もちろん三雲岳斗のことである、含羞として取り込んだミステリ要素も高いレベルで成立させている(ともっぱらの噂。私にミステリ判断能力がないことは前述のとおり)。含羞で取り扱う要素は時として主題をくらますほどにがっつり書き込まねば含羞として機能しないのだ。

「素敵な恋愛小説ですね、三雲さん!」と話しかけられたとき、「いやいや、でもミステリですから(――だからいい歳した大人の男が甘酸っぱい恋愛をメインで書いたわけではありませんよ?)」と言い訳できるように、ミステリ要素にも恋愛要素と同様に全力投球する三雲岳斗の姿が目に見えるようである。

しかし私は意地悪なので敢えて指摘する、でも書きたかったのは恋愛小説ですよね三雲さん。

ミステリという含羞を取っ払った後に残るのはごくシンプルな、シンプルだけにごまかしの利かないボーイ・ミーツ・ガールの物語である。

しかも出会うのは欠落した青年と欠落した少女だ。――何てぞくぞくする出会いの形だろう。

二人とも自分が欠落していることを知っている。欠落を押し隠して世界に自分をまぎれさせる術も知っている。

だが、決して埋まることのない虚ろな穴はごまかしようもなく魂に穿《うが》たれており、その痛みさえ諦めた者同士が、ある日突然に巡り合うのだ。

あれは仲間だ。同じ種類の生き物だ。――そのことをお互い瞬時に嗅ぎ取らないわけはなく、そしてまた。

互いの欠落を埋めようと激しく求め合わないわけがないのだ。

一見無気力な二人は分かりやすく求め合うわけではない。そこに即物的な行動は何もない。

だが、この二人は激しい。無気力に取り繕われているが、時折覗く互いへの赤裸々な欲求はぎょっとするほど率直だ。

特に高須賀は淡泊に見せかけて濃密だ。何しろ、第二話『四番目の色が散る前に』で早くも煮上がっている。

瞑に生きていて欲しいと願う高須賀の理由に背筋が粟立った。

こんなに激しい愛の言葉を私は他に知らない。


恋には叶うという目標がある。恋を叶えるために人は懊悩し、相手に自分の思いを届けようとあがく。

だが、愛は叶わなくても単体で成立することが可能なのだと高須賀は見せつける。生きていて欲しい――相手を恋人として手に入れるなど些末なことだという境地に、高須賀はさっさとたどり着いてしまった。

それに気づいた瞬間、物語の中の彼と彼女の位置づけは鮮やかに逆転する。

自分が美しいことを知っており、自分が聡明なことを知っており、男が自分を崇拝していることを知ったうえでそれを気まぐれに振り回しているとしか見えない少女は、実は男に向かって懸命に駄々を捏ねているのであった。

求め合っていたはずがさっさと一人だけ別のステージにたどり着いてしまった男に、少女はこちらを振り向けと地団駄を踏んでいるのである。――これは壮絶にかわいい。

『少女ノイズ』は美しい少女が男を振り向く物語であると同時に、男が駄々を捏ねる少女を振り向く物語である。

お互いが振り向いたとき、一体どんな時間が流れ出すのか——それを想像するのはこの二人をエンドロールまで見守った読者の特権である。

ミステリ部分、ぶっちゃけどうでもいい。『少女ノイズ』は彼と彼女が出会い、求め合う、ただそれだけの恋の物語だ。

（２０１０年４月）

【振り返って一言】 私としては三雲さんの期待する解説をドンピシャで書いたつもりだが、いやー叩かれた叩かれた。ミステリ部分どうでもいいとは何事だ！　という先鋭的なミステリファンの方に。三雲さんが気にしてくださって、当時ＳＮＳで声明を出してくださったことを覚えています。
しかし私も叩かれても懲りていない。叩かれて懲りるようならこんな解説は端から書いていない。『少女ノイズ』は三雲さんの思う理想の、そして最も美しい恋愛物語だと確信している。

論理的な「奇跡のシステム」『詩羽のいる街』（山本弘／角川文庫）

詩羽に手を引かれて444頁を駆け抜けた。

物語の中で最初に詩羽に魂を抜かれるのは、漫画家志望の青年である。青年は小さな賞を取って担当がついたばかり。デビュー作のプロットを提出してはボツを食らってばかりの日々だ。

気分転換に公園でスケッチをしていたところへ、そのチャーミングな女性は現れる。流《は》行《や》りのカードゲームに夢中の子供たちを集めて、ダブったカードの交換会を始めるのだ。

このカードがダブってるから別のと交換したい。あのカードが欲しいけど交換してくれる奴いない？　勝手気ままな子供たちの要望をすくい上げ、詩羽は次々とカードのトレードを成立させていく。三角トレードは当たり前、それどころか四角、五角も楽々取りまとめ、子供たちは誰一人として損をしていない。みんなが自分の欲しいものを手に入れてほくほく顔だ。

その鮮やかな手腕に見とれていると、彼女が彼に声をかけてくる。

「ねぇ、これからデートしない？」……

この誘いに胸をときめかせる人は青年の他にもう一人いる。それはページをめくっているあなた自身に他ならない。

詩羽の機転と軽快なトークはカード交換会で存分に見せつけられている。子供たちのフリーダムな要望を見事捌《さば》ききった彼女が、これから一体自分をどこに連れていってくれるのか。わくわくしなかったら嘘だ。

そして詩羽は青年の先に立って颯爽《さっそう》と歩き出す。青年は戸惑いながらも腰を上げ、——そして読者たる私たちも期待に胸を膨らませて詩羽の後をついていくのだ。

そして私たちは詩羽が「奇跡」を生業《なりわい》にする人だと知る。

詩羽は「奇跡」に魔法を使わない。詩羽は誰かに会いに行き、話をする。

それだけだ。それだけで詩羽は数々の奇跡を物にする。つまずいている人を助け、前を向かせ、些細にして大きな問題を鮮やかに解決する。

詩羽に出会った人はみんな幸せになる。そして詩羽の「奇跡」に協力するようになる。協力する人が増えれば増えるほど、生み出す「奇跡」は大きくなる。

幸せを拡大再生産させる詩羽は、奇跡のシステムをその手の中に持っている。

詩羽を支えているのは、「人は幸せになるべきだ」という信念だ。

善人が不幸せなのは我慢できない、善人にはそれに見合った幸運があるべきだ——詩羽は漫画家志望の青年にそう語る。

だからあなたを幸せにしてあげましょう、と。

驚くべきことに、詩羽はついさっき会ったばかりの青年を「あなたはいい人だ」と断言してしまうのだ。青年にしてみれば決め打ちにも近い買いかぶりだ。

詩羽が青年をいい人だと決定づけた明確な根拠は何もない。強いて言えば、カード交換会の子供たちにせがまれてイラストを何枚か描いてやったことくらいか。

しかし、詩羽にとってはそれだけで充分なのだろう。漫画家を志す青年にとって、子供たちの好きなゲームのイラストを描いてやることくらい、ほんの片手間だ。そのほんの片手間を傾けてやること自体が、詩羽にとっては彼をいい人だと判断するに足る充分な根拠なのだ。

詩羽は人間の善意を全面的に信じている。そして人間の善意を「幸せになるための力」だと信じている。しかし、それは例えば「愛は地球を救う」的なテンプレートのお題目とは無縁の理屈に立脚している。

詩羽はある人物にこう言い放つ。

「自分が正義だとか善人だとか愛にあふれてるとか真実を知っているとか思ってる人って、いちばん厄介なんですよね。どれほど他人に迷惑をかけていても、自分が間違っているっていう自覚がないから、反省の生まれようもないんですよ」――おためごかしの愛や善意の全否定である。

では、詩羽の「善意」の根源は何か。それは「論理」である。

「論理的に考えて」、人は自らを好き好んで苦痛に追いやることはしない。詩羽が起こす奇跡の種はそこにある。

人間が生物である以上、快適な生活環境を欲するのは正しい本能だ。生物にとって、あらゆる意味で自らが脅かされない快適な生を得ることは、間違いなく「幸福」な状態である。

そして人間が心を持っている生き物である以上、人間にとって「幸福」の条件は心身ともに快適な状態が保たれていることである。物質的に満たされるだけでは人間という生き物は幸せになれない。

心身ともに満たされた状態を「幸福」と定義すれば、人間は生きている限り本能的に幸せになろうとする生き物なのである。

そして、悪意を交換するよりも善意を交換するほうが社会的に快適な環境を獲得しやすい。人間が社会性を持つ生物であるからには、社会的に快適な環境を獲得すれば、それに従って心身が満たされる確率も上昇するはずである。

詩羽はごく論理的な根拠でもって善意を「幸せになるための力」として活用しているのである。

舞台となる賀来野市を詩羽は軽やかに巡る。あちこちで人と人を繋ぎ、善意と善意を繋ぎ、幸せな円環を成立させていく。まるで子供たちのカードの交換を次々と成立させていったように。

しかし、時として詩羽の信念と真っ向から対立する概念が現れる。

自分の愉《たの》しみのために悪意を行使する人間の存在である。平たく言えば、他人に嫌がらせをすることが好きな人間だ。

「奇跡のシステム」のエンジンとして善意を採用している詩羽は、そうした人間を「天敵」と呼ぶ。

天敵は巨悪を為さない。インターネットに誹謗《ひぼう》中傷を書き込み、見知らぬ善良な人々が「不幸になったらざまあみろだ」とばかり嫌がらせという名の小さな罠《わな》を街のいたるところに仕掛けて回る。

天敵が為す卑小な悪事は、明るみに出したとしても法的には大した罪にならない。何しろすべては嫌がらせ程度のことなのだから。

しかし、法に触れない卑小な悪は、何の罪もない善良な人々を不幸にする力を充分すぎるほど持っている。

巨悪に巻き込まれる可能性の低い、ごく平凡な毎日を送っている市井の人々にとっては、実はこうした卑小な悪意の方が切実な被害をもたらすのである。

そして詩羽はそうした卑小な悪意を決して許さない。

論理的に善意を行使する詩羽に対して、論理的に悪意を行使する天敵は、一種のネガとポジのような存在である。自分を反転したような存在である天敵に、詩羽はどう立ち向かうのか。

ここでもやはり詩羽は奇跡を見せてくれる。論理的な善意で論理的な悪意を軽やかに打ち砕く。

これほど清々しい「悪意に対する勝利」は他にない。

いつの間にか私たちの手を引いていた詩羽の手は離れている。遠ざかる詩羽の背中を見送り、本を閉じて「現実がこんな都合よくいくわけないさ」と踵《きびす》を返すこともできる。それもまた一つの選択だ。

だが、私たちはもう詩羽を追いかけずにはいられない。軽やかな足取りで歩いていく詩羽の背中は「奇跡なんて簡単だよ」と私たちを誘っている。

「こんな論理的なシステム、他にないんだから」といたずらっぽく笑っている。

この物語は詩羽から私たちへの奇跡のお裾《すそ》分《わ》けだ。詩羽は奇跡の種を惜しみなく私たちに開示している。

だが、「奇跡のシステム」を使いこなすには才能が要る。詩羽自身も自分がその才能に優れていることを認めている。

詩羽のような才能を持ちえない私たちが、現実に奇跡を持ち帰ることは難しいかもしれない。

しかし、そのシステムを「知っている」ということは、私たちの人生を大いに豊かにするだろう。

詩羽の背中を追いかけて、――私たちはこの物語を読む前より少し幸せになれるに違いない。

追伸

奇跡のシステムが語られるにおいて、世の中のさまざまなエンターテインメントが暗喩《あんゆ》も含めて多数引用されていることもこの物語の楽しみの一つだが、その中に自分の作品も採用されていることは作家として大きな喜びだ。

末筆になりましたが、山本弘さん。詩羽に「この物語を楽しんでくれてありがとう」とお伝えいただけると幸いです。

（２０１１年11月）

［振り返って一言］　ネットの匿名性を利用した悪意は、山本弘氏がこの作品を著した頃よりも酷くなっているような気がします。しかし、同時にそれにＮＯを突きつける意志も育ってきていると思います。

じーばーとムスメが織りなす時間の円環
『梅鼠』（須藤真澄／エンターブレイン）

いきなり自分語りになって申し訳ないが、須藤真澄さん――いやここは敢えてますび先生と呼ばせて頂こう、ますび先生と私のご縁は拙著『三匹のおっさん』（現在講談社文庫）に端を発する。

還暦を迎えた三人のじいさんがご町内でプチ活劇を繰り広げるこのシリーズに挿絵をつけるに当たり、私がドラフト一位で希望したのがますび先生だったのである。

理由はますび先生の描く魅力的なじーばーにほかならない。『三匹が斬る！』や『三匹の侍』にあやかったタイトルを背負う三人のじさまを誰に描いてほしいかという検討に入ったとき、私の中にはさながら旅人を導くポーラスターのようにますび先生しか候補が思い浮かばなかった。

じーばーといえば須藤真澄。この方程式は今さら覆るものではないと信ずるが、この度はこの方程式を解くことに紙幅を費やしてみたいと思う。

須藤真澄が描くじーばーが魅力的だということに疑問の余地はない。あまりに余地がなさすぎて私は「何故」須藤真澄の描くじーばーが魅力的かという根本を改めて考えたことがなかった。

今回編纂《へんさん》された九篇の物語に出てくるじーばーを眺めていて、気づいたことが一つある。登場するじーばーのキャラクターが見事なまでにばっらばらなのだ。育ちが良さそうでいながらややいじける癖《ヘキ》のある剝製《はくせい》屋の店主、べらんめえかつうるさがりの剝製職人、物静かで謎めいた風来坊、人生を達観した風情の錬金術師もいるし、子供のように無邪気な雪のおじいさんもいれば、老いらくの仄《ほの》かな想いに揺れるおばあさんがいる。この豊かなバリエーションはどうだ。

「おじいさん、おばあさん」というのは物語において一種の記号として扱われることが少なくない。漫画の主人公となるのは、概ね少年や少女、または青年淑女、あるいは脂《あぶら》ののった壮年と活動的な年代であることが多い。小説も老人が主人公として幅を利かせるのは時代物が主だろう。若い登場人物に描写を費やすために、「おじいさん、おばあさん」は読者の共通認識に拠った無難な設定になりがちだ。枯れた年代はエンターテインメントの主役を張ることがそもそも少ないのである。

その年代にスポットを当てているのが須藤真澄作品である。前述したじーばーたちは、まるでエンタメ作品の若いキャラクターのように性格から物腰、設定に至るまで実に濃やかな変化がつけられている。

須藤真澄はじーばーを記号として処理しない。じーばー一人一人に詳細な彩りを添えるのである。そのじーばー愛こそ「ますびじーばー」を魅力的にする最大の要因だ。

更には、登場するじーばーが常に「惑う人々」であることも忘れてはならない。ますび作品のじーばーは、「悟った人」として登場することが少ない。本作品集では『黄金虫』の老婆がその域に近いが、それも惑う段階を経たうえでのことだと読者には伝わっている。

ますび作品のじーばーは、迷い、悩み、人生に慄《おのの》き、あるいは無邪気に羽目を外す。その姿は、彼らじーばーより若い世代である私たち読者と何ら変わらない。私たちのように迷い、悩み、慄き、羽目を外すじーばーに、私たちは世代の差を超えて共感し、愛おしさを感じるのである。須藤真澄の描くじーばーに私たちは自然に自分を投影することができる。

一方、ますび作品においてじーばーと同じ比重で語られるムスメの存在がある。じーばーを語るに当たってこのムスメたちを忘れることはできない。ますび作品においてムスメとは一体ナニモノか。

ますび作品におけるムスメは世界の不条理な謎に巻き込まれ、翻弄されることが常だ。いたいけな美少女が突然ワケ分かんない事件に巻き込まれ「ひょえ〜」となるのは須藤真澄お得意の構図である。

そしてこのムスメはその不条理の旅の途中でじーばーと出会う。それもかなりの高確率で。不条理劇の最中で老いと若きが交流するのは、ますび作品の重要な特徴の一つである。この構図の中のムスメを、私たち読者はよく知っている。コミカルな不条理の化粧をされている事件は「明日、何が起こるか分からない世界」の象徴であり、ムスメは先の知れない未来に慄く私たちそのものだ。

人は時間の概念を獲得した瞬間に圧倒的な世界を知り、世界の前にあまりにも無力で寄る辺ない自分を知る。時間は否応なく人々を押し流し、無邪気で幸せな子供は抗う術もなく強制的に大人にされてしまう。

子供は自分が大人になってしまうことを知った瞬間から、人生に慄きはじめる。自分の子供時代が永遠ではないことを知り、無情に流れ去る時間の圧倒的な力に怯えはじめる。――人はいつから大人になるのだろう。私たちはいつから子供でなくなってしまうのだろう。

時間に屈服して大人になる自分は、今と変わらずにいられるのだろうか。大人になった自分に、子供である自分の感受性や精神は存続を許されるのか。時間を意識しはじめた子供は、同時に「時間の前に自分が失われる恐怖」を知る。

それは突き詰めると、過ごした時間の先に必ず訪れる「死」への畏《おそ》れにたどり着く。

ますび作品に現れるムスメとは、時間の前に自分が変容する恐怖にさらされ、いつか必ず訪れる「死」という未知に慄く子供たちであり、ますび作品において読者の「子供」マインドの憑代となる。

そして憑代たるムスメの前で、ますび作品のじーばーは子供たちと同じように迷い、悩み、人生に慄き、無邪気に羽目を外すのである。

ムスメはそんなじーばーの中に自分を見る。そして「あ、大人になっても私は私のままでいられるんだ」とほんのり安堵《あんど》するのである。そのほんのりした安堵は憑代であるムスメを通して私たちにフィードバックされる。

ときとして不条理な世界のガイド役が逆転することがある。じーばーをムスメがアテンドするパターンだ。このときじーばーはムスメから何らかの示唆を得て「若い頃とさほど変わっちゃいない自分」を発見して安堵する。この逆転の構図で私たちはますび作品のじーばーとムスメが裏表の存在であり、分かたれることのない連続した存在であると知る。

「年を取ることは悲しいことではないよ」「私たちはいつまでも私たちのままでいられるよ」——須藤真澄の控えめなエールが聞こえてくる。

だからこそ、ますび作品のじーばーは愛しい。彼らは私たちが私たちのままに老いていけることを約束してくれる。


そしてますび作品では「死」が気負いなく穏やかに語られる。ごく当たり前の営みであるかのように。こんなふうな死ならあまり恐くないかもしれないなぁ、と私は死を暗喩したますび作品を読むたびに思う。死がこんなふうだったらいいなぁ、と。

ますび先生に直接それを言ったことがある。するとますび先生はこう仰った。

「そろそろ身の回りで大切なひとたちが亡くなりはじめているので、私の好きなひとたちが向こうでこんなふうだったらいいなぁと思って描いてるの」

もちろん「大切なひと」は単純に「人」という字のみにくくってはならない、ということはますび先生の読者ならよくご存じのはずである。

思うに、須藤真澄という作家は非常に感受性の強い少女だったのだろう。時間の果てに織り込まれている死に幼い頃から敏感に反応し、慄いていたに違いない。須藤真澄の描く死は、老いは、まるで「こうであってほしい」という願いのように優しい。

初期の作品には死の恐怖を斬りつけるような筆致で描いたものもある。それは須藤真澄が「時間」という強大な支配者と折り合おうと苦闘した結果ではないだろうか。

そしてその苦闘を超えて、須藤真澄の「死」も「老い」も優しく穏やかに着地する。ことに近年の作品はそれが昇華されている。この人はその恐怖をもう超えたのではないかと思わせるほどに。

おそらくそれは、死について、老いについて、抗いがたい世界の摂理について綴る作業が、須藤真澄個人の「願い」ではなく、先に旅立った愛するひとびとのための「祈り」になったからではないだろうか。

この作品集にはさまざまの年代の「ますび作品」が編まれている。ときに迷い悩みながらも、穏やかなひとつの方向を目指して歩き続けている。

じーばーとムスメが織りなすのは輪廻である。円環を描く優しい時間である。連続した存在であるじーばーとムスメは、老いと若きを緩やかにつなぎ、そしてまた生と死をもつなぐ。

わたし、死んだらどうなっちゃうんだろう。――すべての子供を訪れる素朴なその慄きに、ますび作品は優しい答えをくれる。

わたしの好きなひとたちが、こんなふうな向こっかわで待っててくれたらいいと思うんだけど、どう？

きっとみんな「賛成！」と手を挙げたくなるはずだ。

（2010年5月）

［振り返って一言］ ますび先生の作品を読んでいるうちに、死を自然な営みとして受け入れられるようになりました。死ぬのが恐いなぁ、と思っている人は同じく須藤真澄著『グッデイ』（KADOKAWA／エンターブレイン）もお勧めです。人が恐れるのは死そのものよりも思い残しなのかもしれません。

触れるものみな王道に
『草原からの使者 沙髙樓綺譚』（浅田次郎／文春文庫）

勇気を出して言ってみよう。

実は『星条旗よ永遠なれ』が一番好きだ。

夜ごと名士が集って秘密の話を披露する「沙髙樓」、トリを飾るのは堂々たるシモネタである。

男の一生分の精子が打ち止めになると赤玉が出る、というような根も葉もない怪しい俗説の系譜である。

調べたところ、赤玉ではなく日の丸が出るというパターンや、万国旗が出るというパターンもあるそうだ（世界に繋がる便利な箱で一体何を調べているのやら）。

そうした類型を取り揃えるシモネタから発展したのだろう、この話は。

『アメリカ人男性は打ち止めになるとコックの先から星条旗が出る』——

語るは日本人妻を娶ったアメリカ人の退役軍人だ。

一言で言えば、くだらない。二言で言うと、すばらしくくだらない。

沙髙樓といえば各界の名士が墓まで持っていくはずだった秘密を打ち明け合うところだ。

女装の主人はいつも言う。

「みなさまがご自分の名誉のために、また、ひとつしかないお命のために、あるいは世界の平和と秩序のためにけっして口になさることのできなかった貴重なご経験を、心ゆくまでお話し下さいまし」

思いがけない結果を残した総裁選にまつわる秘話があり、大財閥の当主が一夜にしてすべての財を失った謎があり、馬主の一族が跡目問題をダービーに賭ける勝負譚があった。

聞き手の期待はいや増す。最後に語られるべき物語は一体？

そこに男のちんちんの話だと？　打ち止めで星条旗だと？　ふざけるな！　と怒ってしまう聞き手もいそうだ。

いや、しかし待ってほしい。シモネタなんてと怒って席を立たないで、このユーモア溢れる退役軍人の話を最後まで聞いてほしい。

戦後まもない微妙な時期に日本人妻を娶った退役軍人は、日本語が実に堪能だ。

その一点でこの退役軍人が妻をたいそう愛していることが分かる。彼の愛はまず、妻の生まれ育った言葉を奪わないというところに発揮されている。

それだけでなく、彼は要所要所で妻への愛をてらいなく語る。彼は妻の魅力を称え、ともに老いていく妻に未だに性的魅力を見出している。

ただ、彼はもう老いている。妻を変わらず愛しているが、夜の営みからは遠ざかるばかり――

年齢的には自然なことだが、それでも悪友に会うと見栄を張る。今でも三日に一度だ、二時間はかける。

男たちの中学生みたいなあほらしいシモネタ話に、空威張りが透ける。

もう俺たちは若くない。

本当は三日に一度じゃないだろう？　二時間なんて保たないだろう？　口を割れよ、そっちが白状したら俺も白状するからさ——

しかし、自分が先に口を割りたくない。我慢比べのように強壮自慢は止まらない。

何だか切なくなってくるではないか。男というものはかくも意地っ張りで繊細な生き物なのか。

女の老いは容色である。シワだたるみだと美顔器で顔を引っ張り、シミが増えたと言ってはサンバイザーをかぶり長手袋をし、この化粧品が利く、あのサプリがいいと情報を開けっぴろげに交換する。

退役軍人の語りを聞くに、男の老いは性らしい。性は容色よりも秘めたるテーマだ。悩みを交換するには躊躇がある。

女にとって老いとは共に戦うものだが、男にとってはひっそり恐れるものなのだ。

その恐れは誰にも知られてはならない。男たるもの生命力の衰えを他者に察せられてはならない。それがたとえ友であっても。

そうしてみると、最後の一発は星条旗が出るというバカ話も、あながちバカなだけではない。

おいおい、聞いたか？　最後の一発は星条旗が出るそうだぜ。出たらどうする、自分のコックに向かって敬礼すべきか。

男たちはバカな話を笑いながら、老いを懸命に笑い飛ばしているのだ。まだまだ俺たちはこんなものに負けやしない。そりゃあ若い頃より衰えたが、俺たちのコックの先から星条旗が出るのはまだまだ先だ。

なあ、そうだろう？

だから笑え、星条旗を高らかに笑え——

男とはかくもいじらしく、誇り高い生き物なのだ。

いよいよ星条旗が現実となったとき、しかしそこに老いへの敗北は感じられない。

我が星条旗を振る男たちは、誇り高く生き抜き、老いを勇敢に受け入れた勇士の群れだ。

紳士淑女よ、なんじ星条旗を笑うなかれ。

それはいつか必ずすべての紳士が手にするものだ。

そしてすべての淑女は旗を手にした勇士を称えるべきである。

その星条旗は男たちが最後まで男でいようとした決意の証だ。人生を戦い、苦難に挑み、女を愛する性であり続けようとした男たちの勲章なのだ。

とはいえ、所詮はシモネタじゃないか。星条旗が出るなんてアホらしい話が信じられるか――そう思われる聞き手もいるかもしれない。

しかし、沙髙樓の主人は最初にこう言っている。

「語られる方は誇張や飾りを申されますな。お聞きになった方は、夢にも他言なさいますな。あるべきようを語り、巌《いわお》のように胸に蔵《しま》うことが、この会合の掟《おきて》なのです」

さて、誠実に妻を愛し、老いと勇敢に向き合った誇り高い退役軍人が、サロンの主人が課したこの掟を破るか否か？

我々はきっと、誰もが語らぬ世界の秘密を打ち明けられたに違いないのである。

美しく空恐ろしい綺譚の数々で好評を博した『沙髙樓綺譚』、その続編の大トリに敢えてこの『星条旗よ永遠なれ』を配した浅田次郎は大いなる反則作家である。

ストーリー・テラーの世界には「反則枠」というものが確かにある。その枠は「他の作家じゃ絶対編集者の許可が出ねえよ、こんなもん！」というようなプロットを、しれっと成立させてしまう畏怖すべきスペックを有した作家に捧げられる。反則とはその筆力が反則だという意味に他ならない。

浅田次郎の力は王道を回す力だ。なまじの作家ならベタすぎて陳腐になってしまうようなプロットを、浅田次郎は堂々たる王道として回し切るのである。

たとえば『鉄道員《ぽっぽや》』を見よ。要素だけ抜き出せば「こんなベッタベタの泣かせネタで今さら泣くか！」と言いたくなるようなプロットで、なまじの作家ならすべるのが恐くて手を出せない。しかし浅田次郎は迷わず書く、そしてまんまと泣かせてしまう。王道を回す力はベタを恐れない力とも言い換えられる。

そしてベタを恐れぬ王道の作家である浅田次郎は、曲芸に手をつけたときですらそれを王道に変えてしまうのだ。

『星条旗よ永遠なれ』はシモネタである。シモネタは物語の世界において明らかに曲芸であり、奇をてらっている。

しかし、これがひとたび浅田次郎の手にかかると、「コックの先から星条旗が出る」というようなアホなネタが、「老いと夫婦愛の物語」に変貌を遂げて読者をほろりとさせに来る。

触れるものみな王道に。ベタを恐れぬ反則作家はシモネタすらもやはり王道にしてしまっと回し切った。その膂力《りょりょく》に若輩作家はもはや震え上がるのみである。

「精進せいよ、未熟者」と笑みを含んだ声まで聞こえてきて、ははーっとひれ伏すしかないのである。

（2012年1月）

【振り返って一言】　聞くところによると、浅田次郎先生は解説を差し上げた後もしばらく私を男性作家だと思っていたようです。私の中には中二男子やおっさんやジーサンが棲んでいるので、その成分をキャッチされたのでしょう、多分。

誉田哲也の中の少女　『武士道エイティーン』（文春文庫）

誉田哲也は心に少女を飼っている。

そして、この少女性こそが誉田哲也を優れたキャラクターの書き手たらしめている所以《ゆえん》である。

『武士道シックスティーン』に触れたとき、誉田哲也の繰り出す少女たちに私は大いに戦慄した。

まず、主人公である磯山香織。般若の刺繍が入った竹刀袋を常に持ち歩く剣道少女である。――ここまではいい。

喋り言葉は男よりも男らしい男言葉。「テメェ」「この野郎」は序の口で、男友達を「空者《うつけもの》」などと若干時代錯誤な言葉で怒鳴り飛ばしたりする。――ここまでも、まあいい。

剣豪宮本武蔵に傾倒し、学校の昼休みは「身ひとつに美食をこのまず」とアルミホイルに包んだおにぎりを齧りながら『五輪書』を読み、おにぎりを食べ終わったら鉄アレイでトレーニングしながら読書を続行。ちなみに宮本武蔵を五輪書の署名に倣って新免武蔵と呼ぶ。鉄アレイのトレーニングは隙あらば授業中にも決行する。

おい、盛りすぎ盛りすぎ！（※設定を）

男勝り、というのは古くから根強く人気の女子キャラ属性だが、実はこれは成立させるのが難しい諸刃の剣だ。いわゆる「やりすぎ」問題が常に付随する。ちょっと匙《さじ》加減を間違えると、どこぞの安い美少女ゲームのように「こういうのお好きでしょう、ほらほら」と押しつけがましいばかりの不自然極まりないウザキャラになってしまう。ウザキャラ化した女性キャラクターは、「お好きな」男性客には受け入れられるかもしれないが、女性客の共感を得ることは不可能だ。男性への媚《こび》が鼻についてそっぽを向かれてしまう。

そして、男性の考える「男勝りキャラ」は往々にしてこの罠に陥りやすい。

磯山香織は、設定だけを箇条書きに抜き出していくと、明らかに「男勝りキャラ」として「盛りすぎ」である。しかし、これが誉田哲也の筆にかかると、神のバランスを発揮するのだ。

香織は女性の目から見ても非常に共感の持てる女の子として成立している。――般若の竹刀袋を持ち歩き、時代錯誤な男言葉で、昼休みに鉄アレイトレーニングを欠かさないような特異な設定であるにも拘わらず。

分かりやすいバランサーとしては、香織の一人称が「あたし」であることが挙げられる。ここまで盛ったらついでのことにと自分のことを「俺」と呼ぶ「俺女」にしてしまいそうなものだが、そこを誉田哲也は断固として「あたし」である。ここで「俺」にしてしまうと一気にいけ好かない方向へとバランスが崩れる。偶然ではなく、明らかに自覚的な「あたし」なのだ。

そして、「神のバランス」は香織の魂が「女子」であることで維持される。香織の魂は「男子が考えた女子」ではなく、前提を何一つ必要としない「断固たる女子」、「ナチュラルボーン男勝り女子」なのだ。

だから香織は男勝り属性として何をどれだけ盛られようとも「男子が考えた男勝り女子」という架空性に侵されることはない。

では「男子が考えた男勝り女子」と「ナチュラルボーン男勝り女子」は何が違うか。ずばり言い当ててみよう。

香織は第三者から見ると明らかに「男勝り女子」だが、香織自身に自分を「男に寄せる」意識はない。実はここがたいへん重要なポイントだ。不自然な男勝りキャラは「男勝りに見せる作為」があるのである。香織は作為とは一切無縁だ。あくまでもどこまでもナチュラルボーンなのである。

男の身でありながら「ナチュラルボーン男勝り女子」を描き切るとは、誉田哲也のキャラクター力はただごとではない。

そしてまた、ライバルである甲本早苗だ。こちらはこちらでまた、女性にそっぽを向かれる危険性を大いに孕《はら》んでいる。

早苗はいわゆる「かわいこちゃん」キャラである。この「かわいこちゃん」キャラほど女性の反感を買いやすい属性は他にない。「あー、はいはい。男ってこういう女が好きよね〜」と険のある含み笑いを真っ先に女たちから食らうのがこの属性なのだ。

そして、この「かわいこちゃん」キャラは「男勝り」キャラに比べて普遍的な属性だ。「男勝り」は特異な属性として避けることも可能だが、「かわいこちゃん」（いい子ちゃんとも言い換えられる）を避けて通ることは小説を書くうえで不可能。つまり、「かわいこちゃん（いい子ちゃん）」キャラとは、およそすべての作家が陥る可能性のある「普遍の罠」なのである。

しかし、ここも誉田哲也は易々と回避する。早苗が「男の目を意識したかわいこちゃん」ではなく、やはりナチュラルボーンだからだ。早苗は第三者から見て明らかにいい子でかわいい。しかし、そこに男に対する媚は一切ない。

早苗は身の回りの人々を大事にしたい、優しくしたいとあがいているだけである。そのあがきは第三者の目を意識していない。

「かわいこちゃんに見せる作為」がやはり存在しないのである。

「男勝り女子」と「かわいこちゃん」。罠となり得る二つの属性を同時に、しかも軽やかに誉田哲也は描き切った。

誉田哲也は心に少女を飼っている、と私が確信する所以である。優れたキャラクター描写ができる作家は、必ず自分の中に異性を棲まわせている。

そして、身のうちに「少女」を棲まわせている誉田哲也は、およそすべての年代の女性をナチュラルボーンに描くことができる。何故なら、すべての女性はかつて少女であったからだ。

『セブンティーン』を経て、この『武士道エイティーン』ではますますその技倆が昇華されている。香織と早苗の愛らしさはいや増し、脇を固める女性キャラクターも多彩だ。その多彩な女性たちのすべてがごく自然に息づき、魅力を発している。一人一人の息づかいが感じられる。

誉田哲也、やはり乙女だな。と唸らされたのは『バスと歩道橋と留守電メッセージ』だ。語り部は早苗の姉、緑子。これがまた、美人でスタイル抜群の人気モデルかつ自分が美人であることに充分な自覚がある自信家という、条件だけ挙げてみれば鼻持ちならないことのうえない設定であるにも拘わらず、ここで語られる緑子の恋は瑞々しい切なさに溢れている。多くの読者にとって遠い世界の生き物である美人モデルの恋に、およそすべての女性読者が「ああー、分かる分かる」と頷いてしまうこと請け合いだ。

緑子の恋人である岡巧の王子様っぷりも特筆に値する。彼はこの物語で緑子のために戦う王子だ。すべての女性が「恋人にこんなふうに守られたい」と願うような素敵な王子様なのである。

美人モデルを彼女にしたイケメンなどといういけ好かない男子を、王子様として女性読者に届けることができるなど、もはや超能力の領域である。

誉田哲也の中の少女は「私がいつか出会う恋人もこんな人だったらなぁ」と岡巧に恋をしていたに違いないのである。

さて、武士道シリーズはこの『エイティーン』でふたりの少女が未来へ向かって足を踏み出した。しかし、続刊はまだ出ていない。

しかし、私の目はごまかせない。香織や早苗の物語はまだ終わっていない。ふたりの少女はまだ自分の物語を語り切っていない。そして、すべての読者が彼女たちのこの先の物語を、『武士道ナインティーン』を待ち望んでいるはずだ。

担当が同じという気安さも相まって、私は再々「『ナインティーン』を書いてください、書かないなら私が頭をかち割って中身を取り出しに行く」と伝言（脅迫？）を託《ことづ》けてきた。

今回、氏に解説を頼まれ、私は「いつか『ナインティーン』を書いてくれるなら引き受けましょう」と返した。氏は断らなかった。

いつになるかは分からない。もしかすると『ナインティーン』ではないかもしれない。二十歳かもしれないし、三十歳かもしれない。しかし、どんな形であれ、氏の中には確かに彼女たちの物語が見えているに違いない。

未来を泳ぎはじめた香織と早苗に再会できることを信じて、一ファンとして筆を置く。

（2012年2月）

[振り返って一言] 『ナインティーン』は出なかったが、『ジェネレーション』が出た。必読。

書店は〝小さな日常〟を取り戻せる場所
『復興の書店』(稲泉連／小学館文庫)

絶対に忘れない――
本が街に灯りをともした
あの日のことを。

帯の惹句《じゃっく》です。

こちら、著者の方から頂きました。

雑誌『家の光』(JA)の取材をお受けしたとき、インタビュアとして来られたのが稲泉連さんで、そのご縁で到来した本です。

東日本大震災で被災した書店についてのドキュメンタリーです。

「紙の本は必要か?」と問われたとき、「必要です」と明確に答えられる論拠がこの本の中にあります。

インフラが途絶した被災地で、電気を必要とせずに読める「紙の本」がどれだけの人々を救ったか。

紙の温もりが、思いを載せて書店に運ばれた本が、一体どれだけの人々の心を癒やしたか。


震災後、東北の書店が一定の復興を果たした頃に、東北の書店回りに行きました。

そのとき、異例の訪問先がありました。

トーハン（「取次」と呼ばれる、書籍卸の大手会社です）仙台支社に立ち寄り、サイン本を作ったのです。

まだ交通事情の関係で訪問が困難な書店がたくさんある、でもそういう書店にもサイン本を配本したいので、トーハンの事務所でサイン本を作ってほしい。

そういうご依頼がトーハンからあったのです。

取次の慣例ではサインは汚損と見なされます。

その取次さん直々にサイン本のご用命が来るのは、異例の事態です。

しかし、異例を踏んででも、書店に活気を届けたいという計らいだったのでしょう。

事務所で数百冊にサインしました。

私が直接訪問できなかったところに、トーハンさんから旅立ったはずです。


被災地に書店は必要か。

被災地の人々は本など待っていないのではないか。

葛藤を抱えながら店を再開した書店員さんの生の声を、著者は丹念に拾い上げてこの本に収めています。

書店こそが担えた復興の道しるべが、書店員さんたちの言葉の中に見えます。

「本屋というのは神社の大木みたいなものでね。伐られてしまって初めて、そこにどれだけ大事なものがあったかが分かる。いつも当たり前のようにあって、みんなが見ていて、遊んだ思い出がある場所。震災が浮かび上がらせたのは、本屋とは何となくあるようでいて、そんなふうに街の何かを支えている存在なのだということではないか。僕はそんなふうに思うんです」

「書店は〝小さな日常〟を取り戻せる場所だったと思います」

丹念に収められた言葉に胸を貫かれながら読み進み、解説で涙がこぼれました。

解説は、今は閉店してしまったジュンク堂書店仙台ロフト店にお勤めだった元書店員さんでした。書店回りで初めて仙台へ行ったとき、大歓迎してくれた元気な書店員さんコンビのお一人です。

当時の仙台の名物書店員さんの一人でもあり、本書の中にも登場しています。

いつも山のようにサイン（する）本を積んで待ってくれていました。

「個人的なサインもお願いします」と、僭越ながらサインを差し上げたことが何度もあります。

震災後の書店回りで、開口一番「ありがとうございました」と仰いました。

「『県庁おもてなし課』の印税寄付がすごく励みになりました。私たち見捨てられてないと思えました」と。

イラストがたいへん上手な方で、エッセイ漫画形式の書店員日記を作って配布するような才能もお持ちでした。

　その総集編をいただき、帰りの新幹線で読みました。

　絵日記には震災のときのことも書かれていて、その中に『県庁おもてなし課』の印税寄付の話も出ていました（震災当日に自分のサイトで寄付を表明したのです）。

　やはり、「ありがとうございます」と。

　私は震災後に受けたインタビューで、インタビュアの女性に「印税寄付の表明は売名ではないんですか」と詰問されたり、逆風もかなり受けていたのですが、彼女がそっと書店員日記に書いてくれていた一言で、一気に報われました。

　他ならぬ書店員さんを勇気づけることができていたのなら、偽善と罵られることなど何ほどのことか。

　被災地の読者さんを勇気づけることができていたのなら、売名の誹りなどいくらでも何度でも受けてやる。


　しかし、ジュンク堂書店仙台ロフト店の閉店で、彼女とはもう会えなくなってしまいました。どこか別のお店に移ったのなら顔を出したいと思いましたが、閉店を機に退職されたとのことでした。

仙台に行ってももうあの元気な彼女に会えない、という寂しさは、今でも仙台に行く度に胸をかすめます。

その彼女と、解説で再会できました。

巻末には弾けるような笑顔の写真まで。

あまりにも思いがけない再会で、稲泉さんはもしかして私が彼女と面識があったことをご存じだったのかなとさえ思いました。


紙の本は必要か。

リアル書店は必要か。

その疑問に、この本が答えます。

解説の素直な真摯な言葉まで読み終えたとき、あなたはきっと、「紙の本は必要だ」「リアル書店は必要だ」と思うはずです。


最後に、彼女の解説の言葉を引用します。

「書店はなんとも居心地のよいところです。適度な雑音がありながら、本を開けば一人になれる、もしくは言葉と二人になれる。時間も距離も越えて、言葉に耳を傾ける。一人だけど、一人じゃない。そういう曖昧な空間に身を置く時間は、なくても生きていけるかもしれないけれど、あったほうがきっといい。書店員ではなくなったいまだからこそ、ほんとうに、そう思います」

今日、三月十一日に紹介しようと決めていた本です。（２０１６年３月）

【振り返って一言】 合理性だけで人生や世界を割っていったら、最後は無味乾燥なことになると思います。人間には曖昧性が必要で、その曖昧性を担保するものの一つが本であり、書店であると思うのです。

本文でも書きましたが「電気がなくても楽しめる娯楽」は、非常時にことに重要になるものです。東日本大震災のとき、被災地の子供たちが避難所に届けられた週刊少年ジャンプを貪るように読んでいたという話をこの書店回りのときに聞きました。非常時に娯楽なんて、と思われる向きもあるかもしれませんが、被災者にずっと非常時の思い詰めた状態のままでいろというのはあまりにも残酷です。電気がなくても、本のページをめくっている間は、無惨な現実から心を避難させることができます。

ネット上ではたまに「電子書籍のほうが便利だから紙の本は滅びるべき」というような極端な論調も見受けられますが、電子には電子の、紙には紙の利便があります。どちらかがどちらかを駆逐しなくてはならないというものではないのになぁ、と悲しくなります。

ちなみに私はＫＡＤＯＫＡＷＡの元編集さんに「角川ブックウォーカーが頑張ってるから応

援してあげて！」と熱烈に勧められ、タブレットで電子書籍も利用するようになりました。確かに便利。場所を取らないし、何十冊でも何百冊でも持ち歩けるし。夜中にふと思い立ってもダウンロードできるのも、急いでいるときは助かります。

でも、やっぱり好きな本に関しては、紙のめくりの感覚や残り束の感覚が欲しくて、電子と紙と両方買ってしまいます。同じ内容のものを二冊、合理的じゃないかもしれないけど、私にとっては曖昧性の贅沢を味わいたい部分です。どちらも買う場合は、紙の本を初読にします。

また、電子書籍やネット書店は「これが欲しい」と狙いを定めたものを買うことには向いていますが、「思いがけない出会い」はやはりリアル書店の平台です。書店員さんが作り上げる売り場には、ネット書店や電子書籍では叶わなかった出会いがたくさんあります。

人の思いが交錯して出会いが生まれる素敵な「曖昧性」、その象徴とも言える書店という場所が未来にも残ってくれることを祈ります。

お料理の先生　――レシピ本各種

Ｔｗｉｔｔｅｒのほうで次のようなことを発信したのがこの日記のきっかけです。

「奴（樹）の料理のレパートリーと植物の知識は全て私由来ですので（笑）。そして、私の作るものは誰にでも作れるので（簡単だから☆）、実は誰でも樹になれるんですよ」
『植物図鑑』という作品に、料理や家事をそこそこなす植物好きな「樹」という男性キャラクターが出てきますが、奴の料理のレパートリーと植物知識は私由来だという話です。

料理に関しては、所詮私に作れる程度のものを作ってるわけですから、実は誰でも樹になれるんですよ、という。

本や雑誌で「おいしそう！」と思った料理は、取り敢えず試してみることにしています。私の料理の先生は、いつも本でした。

つまり、本を読んでいたら誰でも樹になれるということになりますね。

というわけで、皆さん、ぜひ本屋さんで素敵な出会いを探してください。

もう、どっからでも書店に行こう！　本を買おう！　という話に持っていきますよ、この人は。

私は実家にいたころ、ちっとも家事を手伝わない怠け者な娘だったので、一人暮らしを始めてから慌てて泥縄・見よう見まねで料理を覚えました。

そんな私が、いざレパートリーを増やそうと思ったときに、いつも強力な師匠になってくれたのが、各種の本です。

私のレパートリーは本を読んで覚えたものがたくさんあります。

小説や漫画、随筆、おいしそう！　と思うものが出てきたら、真似して作ってみたくなるのです（料理本もたまにドカッと買って、私の手に負えそうな新メニューを探すのを楽しんでいます）。


そんな私のお料理の先生本が、こちら。

・向田邦子さんの随筆全般
↓『父の詫び状』（文春文庫）、『眠る杯』（講談社文庫）、『夜中の薔薇』（講談社文庫）、『無名仮名人名簿』（文春文庫）、『霊長類ヒト科動物図鑑』（文春文庫）、『女の人差し指』（文春文庫）、『男どき女どき』（新潮文庫）
※料理に特化したムックとしては『向田邦子の手料理』（講談社）が便利です。
・『ムツゴロウの自然を食べる』（畑正憲／文春文庫）

・『リトル・フォレスト』（五十嵐大介／講談社）
・『3月のライオン』（羽海野チカ／白泉社）
・『きのう何食べた？』（よしながふみ／講談社）
（向田邦子さん・畑正憲さん・『リトル・フォレスト』は、『植物図鑑』で樹も読んでいたであろう本として、あとがきでも紹介しています）

それから、産経のエッセイで挿絵を描いてくださっているほしのゆみさんの
・『おいしいオット・ライフ』（白泉社）
・『奥さまはマリナーゼ　主婦のしあわせ絵日記in浦安』シリーズ（宙出版）
にも簡単で意外な料理がちょこちょこ出てきて楽しませていただきました。

料理本は、瀬尾幸子さんのものをよく読んでいます。
初心者に優しい簡単工程＋ちょっと技ありに思える玄人感がたいへん素敵。
私が初めて手に取ったのは
・『おつまみ横町　すぐにおいしい酒の肴185』（池田書店）
・『もう一軒　おつまみ横町　さらにおいしい酒の肴185』（池田書店）
でしたが、他にもたくさんの本を出されてますので、用途に合うものを探してみてください。

ちなみに、『植物図鑑』でフキノトウの天ぷらが苦いという話を書きましたが、熱々のうちに食べると苦みがなくておいしいことを最近発見しました（天ぷら屋さんで揚げたてをいただいたのです。塩で食べると、フキノトウ独特の風味が立って絶品）。

ただ、家で作ると、料理人は熱々のうちにはなかなか食べられない。私が「フキノトウの天ぷらは苦い」と思い込んでしまっていたのも、そのせいだと思います。

今書いたら、フキノトウについての描写は変わるでしょうね。

また、同『植物図鑑』でたいへん反響があったのがノビルのパスタですが、ノビルが手に入らないという意見も多数。

これも最近、沖縄の島らっきょうの塩漬けで代用できることを発見しました。かなり近い味になります。

島らっきょうは、塩抜きせずにそのまま使います。塩漬けの塩味を調味料代わりに、調味はほとんどしないのがコツです（島らっきょうとベーコン、パスタのゆで汁の塩味のみ）。

ノビルのパスタと同じくらい反響があったのが、ピーマンのごまあえ（千切りにしたピーマンを湯がいて絞り、ごまあえにすると苦みがなくなって子供にも食べやすいピーマンに大変身。というエピソードを『植物図鑑』で書いたのです）。

これは、高知の料理上手な友人から教わったメニューです。料理というのは、思い込みの突破だなとその友人に教わりました。ピーマンをごまあえにする発想は私にはなかった。

この食材はこう使うもの、という固定観念をいかに突破していくかで、食材の可能性が変わるんだな、と。

今でもその友人の「固定観念突破」の教えに助けられています。

また、個人的には、「炭水化物は互換が利く」というのを覚えておくと、発想の幅が広がると思います。

ごはんに合うものはパスタにも合う、うどん・そば・素麵などの麵類にも合う。

つまり、ごはん⇕パスタ⇕うどん・そば・素麵 etc.

気づきのきっかけは、我が故郷・高知のお隣さん、香川県の讃岐うどんでした。

釜玉うどんとは、要するに卵かけごはんのうどん版である！

更には、たんぱく質で豆腐との互換もかなり可能。和風パスタの具をそのまま冷や奴にのっけると、いい感じのおつまみになったり。

更に、食材の互換にも慣れてしまうと、いろいろ変化がつけられます。

小松菜で作ったものを他の青菜で作ってみる、豆類を芋や根菜に置き換えてみる。

(沖縄の青パパイヤをいただいたとき、千切りにしてイリチー（炒り煮）にすると聞いて、ゴボウの代わりに使ってみたら、自分で納得いく程度には使いこなせました)

手抜きの王者である私としては、似たものの代用も唱えたい。

和風ピクルスのレシピを見たとき、「食用酢、砂糖、水を合わせて煮立たせて……これ、市販のすし酢で代用できんじゃねえか？」とすし酢でそのまま漬けてみたところ、おうちごはんとしては上出来の味に。ジップロック使えば後片付けも簡単。
和風甘辛の味つけをめんつゆで、というのはもはや全国スタンダード。
日々、手を抜くことを追究しております。無理したって続かねえ。店じゃないんだから
ちょっとおいしかったらそれで充分。料理のハードルが下がるほうが大事。
包丁が下手ならピーラーを使えばいいじゃない、はさみを使えばいいじゃない！
手でちぎれるものはちぎればいいじゃない！

話が逸れた。

本を読んで料理を覚えると、それが自分の知識になります。

脳味噌の中に知識として刻んでしまえば、それは自分の財産になります。

（というようなことを、先日ご紹介した『空想教室』の植松努さんも仰っていたような）

料理以外のこともそうです。

一冊本を読むごとに、楽しみながら、知識が、感性が耕されていく。

自分の脳が耕されていく。

だから、本を読むって素晴らしいのです。

本のお金は、自分の脳を耕すお金だと思っていただけると、「高い！」という印象が少し和らぐかもしれません。


（２０１５年12月）

【振り返って一言】 フキノトウは葉っぱをちぎって味噌汁などの汁物に浮かべるのが一番手っ取り早く風味を楽しめるようです（『ムツゴロウの自然を食べる』（畑正憲／文春文庫）より）。しかし苦みが強くて使いどころが難しい山菜であることは確か。ポタージュっぽいスープに刻み込んだらどうかなと試したことがありますが、少し入れすぎただけでリカバリーできない苦さに。苦みというのは一番さじ加減が難しい味覚だなと痛感しました。

畑正憲さんのエッセイにはおいしいものの知識をいろいろ教わっていますが、肉をおいしく食べるには果物の甘みを借りると良いというのもその一つ（生ハムメロンもそうですね。梨や柿、桃にキウィ、そのときどきの季節の果物でもおいしい）。

淡路島の「道の駅あわじ」に売っているイチジクのバーベキューソースがお手軽に果物の甘みを肉料理に借りられる逸品なのですが、今のところ道の駅あわじでしか見かけたことがなく、ぜひ県内のアンテナショップなどでも取り扱ってほしいと切望しています。

豚ロースを焼いてこのソースをかけるだけでちょっとしたご馳走なので、淡路島にお出かけの際はぜひ。たくさん売れて販路がもっと開けてくれるととても助かる。

〝爆死覚悟〟!?　「本がいちばん好き。」新創刊文芸誌の奇跡

本がいちばん好き。

近年、最も心を打ったキャッチコピーは、この秋創刊した幻冬舎の文芸誌『小説幻冬』のものである。

文芸誌の新創刊。これがどれほどの蛮勇であるかは、説明しないと分からない方もいるだろう。本が売れない、雑誌が売れない、雑誌の中でも文芸誌はことに売れない時代である。出版社として文芸誌をいま敢えて新創刊するのは、勇気という言葉では足りない。

本がいちばん好きだから、小説の雑誌を作りたい。そのシンプルなマインドを微力ながら応援したいと思い、私も原稿を渡した。

最初から爆死を覚悟しているかのようなこの雑誌、何と発売一週間で三千部の重版がかかった。快挙、いや奇跡である。

本がいちばん好き。このコピーが読者の心を震わせた部分が大いにあるだろう。

残念ながら本は今や娯楽の筆頭ではない。出版業界は本が売れないという現実にあえいでいる。しかし、それでもなお「本がいちばん好き」という人も、まだ多くいるのだ。そして、紙に印刷された本は、非常に足腰が強い娯楽である。

東日本大震災、長引く避難所生活で強く求められたものの一つに、本がある。特に子供

が読む人気漫画や週刊少年漫画雑誌は喜ばれた。電気が欠乏した生活でも、本は日の光さえあればいつでも読める。物語の世界に惹き込んで、ストレスを束の間忘れさせてくれる。

その本を供給してくれる書店が追い詰められているのは、本好きにとっては悲しいことだ。娯楽の筆頭でなくてもいい。だが、数多《あまた》ある娯楽の中から、「いちばん好き」と本を選ぶ自由は遺《のこ》したい。未来の子供たちにも、本屋さんで様々な本に出会える喜びを遺したい。

ネット書店の利便性はもちろん素晴らしい。しかし、熱量のあるムーブメントは、やはり生身の書店員が売り場を作る書店からしか生まれない。そのムーブメントが生まれる場所が失われたら、本好きとしてはとても悲しい。

利便性を追究した果てにどんな荒涼とした未来が待っているか、身に染みさせてくれる名著として、今年は『ドッグファイト』（楡周平／角川書店）が出た。合理性を最重要視する世界的通販会社VS日本の大手運送業者、リアルな鍔迫《つばぜ》り合いを軽快な筆致でシミュレーションしてくれる。

©ほしのゆみ

二宮金次郎と
あだ名を
つけられていた
あの頃…
今どきの二宮金次郎像は
座って本を読んでいるという…
ソレジャナイ感…

また、書店が生み出すムーブメント、その小さな奇跡を丹念に描く物語として、『桜風堂ものがたり』（村山早紀／ＰＨＰ研究所）もお勧めだ。「涙は流れるかもしれない。けれど悲しい涙ではありません」――帯の惹句だ。この惹句に、私はこう返したい。「奇跡に泣いたのではありません。こんな奇跡を起こす人々を現実に知っているから泣いたのです」

小さな奇跡は、起きている。書店に行けばいつでも。書店員に見出された本が売り場で熱意を持って並べられ、私たちの手元に届くという奇跡が。

ぜひ、あなたの奇跡を迎えに行ってほしい。書店は、書店員は、いつあなたが来てもいいように、あらゆるジャンルで小さな奇跡を取り揃えて待っている。

（２０１６年12月）

【振り返って一言】　この本を買ってくれるような方は重々分かってくださっていると思います。いつもありがとうございます。

コミック『図書館戦争　LOVE&WAR』(弓きいろ／白泉社)
第一巻によせて

弓さんのキャラデザを初めて見たときに、私も担当さんも「この人だ！」と思いました。それくらいどのキャラクターもイメージバッチリでした。切ってきてくださった試しのネームも原作の話を活かしつつ漫画ならではのアレンジを付け加え、『図書館戦争』のことなら最もよく知っているはずの私と担当さんが「え⁉　え⁉……こう来たかぁ！」と膝を打つような内容でした。自分の作品が原作のはずなのに先が読めない面白さ。

そして始まった漫画も読者の皆さんを差し置いて私が一番楽しませていただいています。弓さんは原作もしっかり全巻読み込んだうえでアレンジしてくださっているので、原作者としてはアレンジされているエピソードのほうが楽しみだったりします。外せないエピソードはやはり原作者として分かりますので待ち受けるのですが、弓さんは「この辺りでこういう流れになるだろう」という読み手（しかも原作者！）の予想を外すのが非常に巧い。更にエピソードのアレンジが非常に大胆なのに整合が取れていて破綻《はたん》しない。これは長期的な視点で物語を俯瞰していないとできないことです。

この絶妙なさじ加減はどこからくるのかと思っていたら、ご趣味が映画鑑賞だと伺って納得。私も映画は古いものから新しいものまで割とよく見るほうですが、映画の「見せ場」の作り方というのは非常に小説の参考になります。絵も描かれる漫画家さんなら尚更ですね。

ちなみにメディアワークスの時雨沢恵一先生が弓さんの『図書館戦争』第一話目が載った号を買ってくださったそうで「おもしろいですね！」とベタ誉めしてくれました。自分が描いたわけじゃないんですがめちゃくちゃ嬉しかったです。

その時雨沢先生いわく、
「堂上のツンデレがいいですね！」
「え!?　ツンデレは堂上なんですか!?　郁ではなく!?」
「いや、堂上でしょう！　僕は堂上のためにＬａＬａを購読しますよ！　他にも面白い漫画がたくさんあったし！」

ということで時雨沢先生の購読リストに入ったらしいのできっと弓さんの『図書館戦争』をリアルタイムで読んでくださっていると思います。

弓さん、これからも私の予想を大いに外しつつ、自由に物語を動かして『弓版・図書館戦争』を楽しませてください。

（２００８年４月）

［振り返って一言］　コミカライズの話はその後いくつか来ましたが、弓さんの『図書館戦争』が素晴らしすぎて、あまり許可を出せていません。同じ白泉社の堤翔さんが『植物図鑑』で粘り強く食らいついてくれたくらいでしょうか。

　もう一つ、弓さんと並んで一歩も引けを取らなかった素晴らしいコミカライズとしては、ふる鳥弥生さんによる少年漫画版『図書館戦争SPITFIRE!』がありましたが、こちらは大変残念なことに作者さんの体調不良で未完。今でも続きを見たいです。

　コミカライズは漫画としての完成度をきちんと追求する場合、原作者と担当編集さんのチェックの負担が大変重いので、きちんと預かってくれる人でないとお渡しできません（世の中とんでもないルール違反をする人もいるもので、事前に合意していたキャラクターデザインを無断で変更して発表され、連載半ばで中止になったこともあります）。

　既に完成された原作があるから漫画も成功するだろうというのは大間違いです。小説で面白いものを漫画として面白く組み立て直すには大変な技術と労力が必要で、安易なコミカライズを企画するくらいならオリジナルを描いたほうがずっといい（もちろん安易な映像化にも同じことが言えますが）。コミカライズ企画に関しては、編集者のほうが安易である場合が多いように思います。新人をデビューさせるに当たってちょいと知名度のある作家の原作で話題性を、くらいの了見なら本当にやめてあげてください。

ネット時代の言葉の力

「お母さんも見るよ」は巧妙なルール

子供にいつから携帯電話やスマートフォンを持たせるか。

親御さんには悩ましい命題かと思う。年齢不相応な「不適切」なコンテンツはフィルタリングを利用して対処できるとしても、今どきは巧妙なネットいじめの話も聞くし、持たせるのが心配な方もたくさんいらっしゃるのではないかと思う。

私には子供がいないが、友人に二人の男の子を持つお母さんがいる。上の子は中学生になり、中学生になったらキッズ携帯を卒業してスマートフォンを持たせるという約束をしていたそうだ。

この友人のお子様ネット問題への対策がたいへん簡潔かつ明快だったので、紹介させていただく。

彼女は息子にスマートフォンを下賜《かし》するに当たり、宣言したという。

「メールとライン、お母さんも見るからね。ロックかけるのも禁止」

息子さんはもちろん猛抗議だ。しかし、彼女は敢然と言い放った。

「お母さんが携帯代払ってるんだから当たり前でしょ！　見られるのが嫌なら、早く大人になって自分で携帯代を払えるようになりなさい！」

子供のネット上のプライバシーは、自分で携帯代を払えるようになるまで我が家には存在しません！　という、たいへん分かりやすい「家訓」だ。

そして、彼女は宣言どおり、息子さんのスマホをときどき抜き打ち検査しているという。

彼女は遊びに来る息子の友達にも「おばちゃんもスマホ見るからね！　おかしなことしてたらみんなのお母さんにも言うよ！」と宣言しているそうだ。

これは見事だ、と唸《うな》った。

保護者が利用を監督しているとなれば、ネットいじめの輪に巻き込まれることもない。「うち、お母さんがスマホの履歴見るんだよ」とこぼせば、グループ内の子供たちも「じゃあおかしなことはできないな」という自制が働く。

大人でも匿名性を笠に着て無軌道になりがちなネットだ、それを子供の自発的な自制に任せようというのが土台無理な話なのかもしれない。友達のおばちゃんが見てる、という明確な「大人の目」を意識させれば、陰湿な利用に走る心配は軽減される。

そして、それは「ネットは自分の部屋の中ではなく、公共の場所である」ということを、実に手っ取り早く教える方法

©ほしのゆみ

ログ《記録》が残る・
という事は
リアルより
なおさら慎重で
あらねば
ならない
インターネット歴長いおばちゃんの
言うこと聞いときぃ！
ほんまやでー

でもある。漠然と「公共の場所だ」「第三者に見られても後ろ暗くない利用を」と諭しても実感が湧きにくいが、「お母さんが見てる」「友達のおばちゃんが見てる」はたいへん明確な「見られている意識」が養われるに違いない。

お年頃の繊細な話は、電話で話すなり会って話すなりすればいい。お母さんは電話の内容まで盗み聞きしようというわけじゃないのだから。

昔はその電話も自宅の固定電話を共有で、長話をしていたら親に怒られたものである。彼女の流儀は、ネットが当たり前のツールになった現代には乱暴に聞こえるかもしれないが、子供の安全を守り、自律と自制を養うには意外と有効な気がしてならない。

（２０１６年５月）

【振り返って一言】 「うちのおかんがさぁ～。まいっちゃうよ～」というシーズンはないよりあったほうがいいんではないかと。ネットで大きくやらかす前に多少の窮屈を体験しといたほうが。消えないデジタルタトゥーを電子の海に刻んでしまうより、自分のおかんに「こらっ、あんた！」と叱られるほうが何ぼかマシです。

数値ではなく人

大前提として、私は特に映像化の各タイミングではこまめにネット上でエゴサーチをします（この言葉はあまり好きではありませんが）。

映像関係者を行き過ぎた言葉から守るために、そうしています。

Ｔｗｉｔｔｅｒ上で自分的に勇気のいる社会的な発言をした場合も同様です。

あまりに乱暴なご意見を発している方を見かけたら、自分のＴｗｉｔｔｅｒでそれに対してご一考いただく旨を発信しますし、直接お声がけすることもあります。

それは、一部の読者さんが「自覚なき加害者」となってしまっていることを自覚していただきたいからです。

メディアミックス作品に関して、あるいはキャスト・スタッフに対して、乱暴な言葉を発している方が後を絶ちませんが、そうした言葉は皆さんが思っている以上に当事者たちの元に届いています。

アニメ版『図書館戦争』の頃から、ずっとスタッフやキャストは傷ついていたのです。

そして私はずっとそのことについて、「観る権利、観ない権利」のお願いをし続けているのです。

何回同じことを繰り返せば気が済みますか、と。

した。


「エゴサーチするほうが悪い」と仰《おっしゃ》るかもしれませんが、あるクリエイターさんが仰いました。

「いつもはネットで読者の感想は絶対見ないことにしているが、心が弱っていたので見てしまった」

この発言が言い尽くしていると思いますが、ネットでお客さんの反応を「見ないでいる」ことには大変な精神力を使うのです。

だから「心が弱っていたら」見てしまうのです。

これは、作家だけでなく、全てのクリエイターや映像スタッフも同じだと思います。

そして、クリエイティビティを必要とする仕事に就いている人間は、ネット上の発言でもアカウントの向こうにいる「人間」からの発言として受け止め、一喜一憂するのです。

ネットは今や万人が手にするツールです。

ツールは、万人が平等に使う権利を持っているはずです。

クリエイターや著名人だけがネットの利用に「強い心」を要求されるのは、平等ではないと思います。

私のメディアミックス作品についても同じです。

関係者は皆さんが思っている以上に皆さんの反応を見ていますし、一喜一憂しています。

私は身を削って仕事をしてくださっている彼らを守りたいと思っています。

だから映像化についてあまりに無慈悲な仰りようをなさる方に対して、声を発することをやめません。

関係者は一般の方の「自覚なき加害」の礫《つぶて》に常日頃打たれています。

その礫が「原作ファンであることを盾に」投げられることが多々あります。

私は私の作品を加害の理由にされることについて、他者を傷つける「作品愛」について、NOを言い続けます。

たとえご理解いただけないとしても、原作者は他者を害する作品愛に異議を唱えていると表明しなければ、身を粉にして働いてくれているスタッフやキャストが報われませんし、映像化を前向きに楽しもうとしてくれている読者さんにも申し訳が立たないからです。

もし、映像関係者が私の読者さんに石を投げることがあれば、それは断固として抗議します。

しかし、現状では一部の読者さんがメディアミックス作品に石を投げることばかりが続いています。

私は石を投げる側と投げられた側だったら、投げられた側につきます。

作者が楽しみにしている映像化に水を差すなということではありません。

映像化作品を作っている「生身の人々」、楽しみたいと思っている「生身の人々」を慮《おもんぱか》った発言をお願いしたいのです。

ご自分の言葉が第三者に対する石になっているということに気づいていない方がたくさ

んいらっしゃると思います。

「自分は一般人だから、少しくらい文句を言ってもいいだろう」と発した言葉が、大量の礫になって関係者を傷つけているのです。

心を患う方もいらっしゃいます。

しかし、誰かを傷つけているということを自覚したら、それでもなお傷つけようというほど無慈悲な方は少ないと信じています。

だから、声を発することをやめません。

著名人も一般の方も、言葉の重さは同じです。

好きの表明は誰も傷つけませんが、嫌いの表明は必ず誰かを傷つけます。

そのことをご理解いただいた上で発言していただきたいのです。

否定的な意見でも、過度に他者を傷つけないように発することはできます。

どうしても乱暴に言葉を発したいなら、せめて、傷つける覚悟を持って発言していただきたいのです。

私は心無い言い方で求められることが多かった『シアター！』を完結させることを現状で断念しました。既に重版の停止を版元に申し入れ、これを取り消すつもりはありません。

読者さんの声は、一つの作品を殺すことができるのです。

クリエイターの心を殺すことができるのです。

「そんな酷いことを言ったつもりはない」「これくらい我慢してくれたらいいのに」と仰

る方もいるかもしれません。

しかし、「これくらい」がどれほどの威力を持つかは、相手の状況によって全く変わります。

同じ礫を九十九まで我慢したところに、最後に一〇〇個目の礫が飛んできたら、その一〇〇個目で我慢できなくなるということがあるのです。

一〇〇個目になってしまうのは不運かもしれませんが、とどめを刺してしまう不運は、礫を投げる全ての人にあります。

礫を永遠に我慢し続けることは、人間には不可能なのです。

アカウントは、単なる数値ではありません。

人が一人ずついるのです。

アカウントの中に人間がいるということを、私は訴えたいのです。

「相手を目の前にしても、同じ言葉を言えますか？」と。

「なんでそこまで気を使って喋らないといけないの」という方もいらっしゃるでしょう。

なんでと問われれば、インターネットが公の場であるからです。

同じインターネットでも、第三者に見られない工夫をした場所や、メールなどのクローズドな手段を選べば、自由に発言できます。

電話や対面による会話も同じくです。

しかし、第三者に見られる場所において言葉を放つ場合には、著名無名に拘わらず、全ての人に責任と覚悟が必要なのです。

人は間違う生き物です。

口が滑ることはあります。

私も映像関係者を守りたい余り、誤解を招くような発言をしてしまうことがあります。

しかし、間違えたことを率直に謝る心がけは持っていたいと思います。

間違えることは当たり前。

でも、間違う自分を律し、反省することはできます。

何度間違っても、何度でも次こそはとよりよい自分を目指すことはできます。

私もそうします。

皆さんもそうしませんか？


これは、そういうご提案です。

ネットもリアルも言葉は言葉、人は人。

無軌道にネットを使って、為政者に規制の口実を与える前に、私たちは自分を律してネットを使えるということを示しませんか？

最後に、ジェフリー・ディーヴァー著『ロードサイド・クロス』（文春文庫）の序文を引用します。

「インターネットとそこにおける匿名信仰は、他人についてどのような発言をしようと、優しく守ってくれる毛布の役割を果たしている。そういった意味では、インターネットはほかの何よりも、言論の自由を逆手に取って、言論の自由という概念を道徳的に冒瀆していると言えるだろう」

（２０１６年５月）

【振り返って一言】 何かを好きだということを盾に他のものに暴言や暴力を振るうことは、実は大変に危険なことだと思っています。

何故なら、嫌いなものへの攻撃は、嫌いなものを加害しようという自覚がありますが、「好き」を盾にした暴力は、加害の自覚を持たない。加害の責任を放棄した暴力は、麻薬です。自分が暴力を振るうのは、暴力を振るわせる相手が悪い。暴力の自己正当化は、いつか必ず自分の魂を卑しくします。

言葉という物は、必ず自分自身を通過して外へ出ます。暴言はぶつけようとしている相手よりも先に、自分自身を通過します。匿名だからと安心して気に食わないものを罵っていたら乱暴な言葉に慣れ、その慣れがもっと汚い言葉を自分の脳に培います。

自分を律するのは自分のためにこそです。

乱暴な言葉は、何かを得るよりも何かを失うことのほうが遥かに多いものです。失ってから失いたいわけではなかったと嘆くより、失わないための努力をしたいものです。

災害時のＴｗｉｔｔｅｒ利用に関して

「熊本の避難所で水が不足しているそうです！　有川先生の力でネット上で拡散してください！」というようなお願いがＴｗｉｔｔｅｒのほうに来まして、これは類似の過ちを防ぐためにも、しっかりご説明申し上げておかねばならないことだと思いましたので、急遽《きゅうきょ》この文章を書いております。

本人証明ができず、５Ｗ１Ｈがそろっていない出所不明なネット上の情報を、むやみに拡散することが、状況の打開に有効であるとは思えません。

上記のお願いは、ネット上なので本人証明がそもそも不可能ですし、Ｗｈｅｎ（いつ）Ｗｈｅｒｅ（どこで）Ｗｈｏ（誰が）Ｗｈａｔ（何を）Ｗｈｙ（なぜ）したのか？

それに対してＨｏｗ（どのように）すべきか、あるいはしてほしいのか？

という情報の一切が欠け落ちています。

災害時に水が真っ先に不足することは既に経験則として自衛隊を含む各救援団体が充分に承知していることで、それは早急に対策が取られているはずです。

また、「水」の運搬・分配は素人にはできないことで、それこそ救助活動に携わる関係機関の窓口に通報すべきことです。

このお願いをして来られたご本人が、本当にそのことについて危機感を持っているのなら、ネット上で本人証明ができない「有川浩と覚しき人」などに「お願いです！」と言う前に、自治体・自衛隊・警察・消防・内閣などの公的機関に通報するべきです。

もっとも、そうした機関は経験則とノウハウを持っているはずなので、既に対策を取っておられるかと思います。無闇な問い合わせがその作業を阻害しまいか、ということまでもご自分でご判断のうえ、「絶対に通報が必要である」と確信できた場合は、ご自分の責任において通報をなさるべきだと思います。

まずもって私はネット上で「有川浩と覚しき人」でしかありませんが、「有川浩と覚しき人」個人として、無闇に不安を煽るような情報を発信することを善しとしませんし、仮に「有川浩と覚しき人」が「有川浩」であったとしたら、著名な人間がＴｗｉｔｔｅｒという即時性のある災害時に有用なツールを使って不確実な情報で不安を煽ることはもってはならないことです。

私は日本に起こるありとあらゆる災害について、自分の目で見て役に立つと判断した情報や自分の思うところを発信したりはしますが、第三者の頼みを受けて情報を発信する立場にはありません。

「有川浩と覚しき人」は一個人であり、「有川浩」は一作家でしかありません。

災害について、ありとあらゆる意味で「災害を捌く技術」も「義務（職権）」もありません。

災害において最も忌避されるのは、「素人の知ったかぶり」と「素人がしゃしゃり出る」ことです。

Ｔｗｉｔｔｅｒという即時性のある便利なツールで、労力を使わずに責任を伴わない言葉を発信するだけで「何か意義あることを為したつもりになる」のは、非常に怠惰かつ危険なことです。

その不確定性の高い情報の拡散によって、本当に必要な情報が埋もれてしまうこともあり得ます。

ネット上の情報の取捨選択は自己責任。

そして、災害時には特に、混乱を招かないことが各自の利用意識に要求される。

特に「拡散願い」に関しては、慎重な判断が必要とされます。

インターネットの利用について、落ち着いてよく考えてください。

これを読んで、冒頭のお願いにお心当たりのある方は、該当ツイートをどうなさるか、ご自分でご判断ください。

中途半端かつ無責任な「善意」は、時として悪意と同じくらい有害である。ということを、私も自戒として胸に刻みたいと思います。

（２０１６年４月）

災害時のＴｗｉｔｔｅｒ利用に関して・追補

こちらは『災害時のＴｗｉｔｔｅｒ利用に関して』の追補です。

私は個人からのいかなる拡散依頼も受け付けません。

Ｗｈｅｎ（いつ）Ｗｈｅｒｅ（どこで）Ｗｈｏ（誰が）Ｗｈａｔ（何を）Ｗｈｙ（なぜ）したのか？

それに対してＨｏｗ（どのように）すべきか、あるいはしてほしいのか？

それが健全な情報にとって必要不可欠なことです。

そして、ネット上は発信者の本人証明が不可能であるという時点で、
Ｗｈｏ（誰が）

の項目を絶対に埋めることができないものです。

ネット上の個人発信の情報は、究極的には真偽の証明はできません。

ですから私は、個人からのいかなる拡散依頼も受け付けません。

前回の繰り返しになりますが、Ｔｗｉｔｔｅｒという即時性のある便利なツールで、労力を使わずに責任を伴わない言葉を発信するだけで「何か意義あることを為したつもりになる」のは、非常に怠惰かつ危険なことです。

意義あることを為したいのなら、発信力がある他人を安易に頼るべきではないというのが私の持論です。

私の知人には私以上に発信力のある方がいらっしゃいますが、私は自分の意見を発信するときに、いくら社会的に意義あることだと自分で信じたとしても、他人様の力を借りようとは思いません。

何かを為したいのなら、自分の力で。

それが、ネット上の自分の言葉に「信用」を積んでいくための絶対条件かと思います。

（２０１６年４月）

【振り返って一言】　これ、追補を書かなきゃいけなかったことにかなりがっくり来た覚えがあります（つまり類似の「お願い」が重なった）。

ＳＮＳは非常に便利なものですが、反面こういう危うい利用をされる方が度々おられて、その度に非常に危機感を覚えます。

いつだったか、いわゆる「捨てアカウント」で私に社会的な発言を求めてこられた方がいて、そのときも大変ぐったりした覚えがあります。人に社会的な影響と責任を伴う大きな発言を求めておきながら、その人の支払った代償は即席・匿名のアカウントを作ることだけ。それがどれだけ怠惰でずるい行いか認識しておられないということに愕然としました。もしその方が私のファンだと仰るなら、私が物語の中で大事にしていたことは何一つ伝わっていなかったんだな、と自分の無能を軽く呪いつつ。

ただ、人間は間違う生き物ですので。その方々は明らかに自分の思うところに対して手段を間違えたわけですが、それを「やっちまったな」「もうやらないようにしよう」と思ってくださっていたらいいなと思います。

ちょっと話が変わりますが、嚙みつくために捨てアカ取るとかは、論外ですよ。これからしようとしていること、言おうとしていること、自分の好きな人に知られても恥ずかしくないかどうか、一度立ち止まって考えてください。大切な人を指針にすれば、卑しい行いからは距離を置くことができます。ネットスラング的に他人に「クソが」などと吐き捨てる人が増えていますが、これははっきりと他人の軽蔑を買う言動です。

ネットと現実はつながっています。上手に切り離そうとしても、ネットで「クソが」と嚙みつく自分に慣れてしまったら、いつか現実でも「クソが」と吐き散らす自分になってしまうのです。

ちなみに私はＳＮＳで「有川ひろと覚しき人」（二〇一八年までは浩）と名乗っていますが、これは究極的にはネット上での本人証明は不可能だという持論によってです。「有川ひろ」と私の本名を繋げる情報は一般に公開されていませんし、そもそもメイン環境である自宅のインターネット契約は家人の名義でしているので、私本人の名義はネット上には存在していないのです。

また、SNSを始めた当初、ネットニュースが無断で私の発信を記事にすることが度重なり、その無責任な手法に危機感を覚えたせいもあります。TVも新聞も雑誌も、ニュースソースとしての作家のコメントが必要な場合は、取材をするかコメントの利用許諾を求めます。インターネットだけがそれを省き、著名人の私的発言を裏取りもせず無断引用してニュースにしてもいい、というのは、報道媒体としての信用性を自ら貶めることにしかなりません（昨今は地上波のワイドショーなどでも「裏取り大丈夫か？」と思うようなネット発のニュースが増えましたが。信用を質に入れたら首絞まるのは自分でっせ）。

当初はネットニュースに申し入れをしていたのですが、きりがないので「とてもニュースソースとして引用できないようなふざけたアカウント名に変えてくれるわ！」と「覚しき人」になりました。このアカウントで家人や友人が代理で書き込むこともあるので、私本人が書いているという証明は誰にもできません。ネット上に存在している「有川ひろと覚しき人」のこのコメントは「有川ひろ」本人のものであるか否か？　信じるかどうかはあなた次第です。

ネット時代の呪詛と言祝ぎ

私の育った高知県には、現代でも陰陽道と似た要素を持つ民間信仰が生きている村があります（陰陽道と要素は似ていますが、独自の信仰体系です）。

物部《ものべ》村《そん》の「いざなぎ流」という信仰です。

ざっくり言うと、村には「太夫《たゆう》」という陰陽師のような役割を果たす術者がおり、村人は太夫に依頼していろんな祈禱《きとう》をしてもらいます。

その依頼の中には「さる人物を呪ってほしい」というものもあり、太夫は依頼を受けると呪詛をかけます。

そして、その呪詛は、実際に効くとのこと。

実際に呪詛を受けた人が体調を悪くする、というようなことが発生するのです。

しかし、呪詛が効くための条件があります。

それは、「同じ村の住人であること（都市部に居を移していても、定期的に里帰りしている者は住人と見なす）」です。

呪詛が成立するシステムは、ざっくり言うと以下のようなもののようです。

①太夫に呪詛が依頼される。(呪詛対象の発生)
②太夫が呪詛を執り行う。(呪詛の実行)
③村の何某が呪詛された、という風聞が呪詛された本人の耳に入る。(呪詛の認知＝太夫に呪詛を依頼するほど自分に悪意や敵意を持っている人間が同じ共同体の中に存在する、という事実を呪詛された本人が知る)
④ストレスにより心身の不調を来たす。(呪詛の成立)

すなわち、言葉や文化、習俗を同じくする同じ共同体の人間同士でないと、呪詛は効きません。

物部村の太夫が、顔も知らないアメリカ人を呪うことはできません。

しかし、同じ共同体の人間同士には、呪詛は一定の効果を上げるのです。

そして、文化の根幹を成すのは、言葉です。

言葉というのは祝いも呪いも司ります。

言葉一つで、誰かを不調に追いやることができる。

逆転させれば、祝うこともできます。

言葉は人を精神的にも物理的にも操作できる。

それを共同体内でシステム化したものが、「いざなぎ流」の各種の術法なのではないかと(私はあまり詳しくありませんが、陰陽道の基本もこういう感じかと)。

物部村、合併で香美市《かみし》になったので、現在の「いざなぎ流」の効力範囲がどうなっているのか興味深いところです。

そして、現代のインターネットは、古来の「言葉による術法」が蘇った場所なのではないかと思います。

古来、それは太夫や陰陽師のように、人々から術者として認められた人々だけが行える術法でした。

インターネット発生以前の現代も、政治家やマスコミ、文筆業の人間しか「言葉」（＝言葉による術法）を社会に発することはできなかった。

しかし、インターネットの発生によって、全ての人が簡単に社会に「言葉」を発することができるようになりました。

そして、言葉によって人を操作できる、ということを感覚的に知った人たちが、無秩序状態で術法をばら撒いている状態が、今のインターネット社会ではないかと思うのです。

「自分の言葉で人を操作できる」という可能性には、麻薬のような中毒性があります。

冒頭の呪詛の発生になぞらえると、次の図のようになります。

	〈いざなぎ流〉	〈ネット社会〉
① 呪詛対象の発生	太夫に呪詛が依頼される	ネットという共同体の中に攻撃対象を発見する
② 呪詛の実行	太夫が呪詛を執り行う	ネット上で相手を誹謗中傷する言葉を発する
③ 呪詛の認知	村の何某が呪詛された、という風聞が呪詛された本人の耳に入る	誹謗中傷が本人の目に触れる
④ 呪詛の成立	ストレスにより心身の不調を来たす	ストレスにより心身の不調を来たす

ストレスにより心身の不調を来たすという結果は同じ。

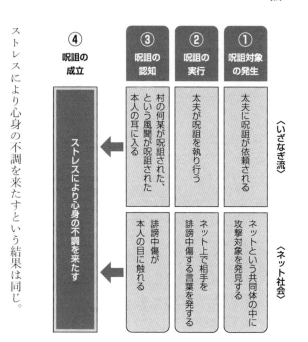

全ての人が「言葉」によって術者となれるネット社会においては、①②の依頼者と術者が同一化される分、呪詛は発動しやすくなっています。呪詛を相手に届けるのも簡単。

そしてまた、簡単に発動できる呪詛の力に酔っている人も多いように思われます。

自覚なしに呪詛を放っている人も多いように思われます。

インターネットは世界を一つの「共同体」に変えてしまい、呪詛が届く範囲はもはや世界中です。

言語の壁さえ乗り越えれば、顔も知らない外国の人を呪うことさえ可能になってしまいました。


ちなみに、古来は呪詛は違法でした。

違法な呪詛を頼むほど自分は憎まれているのだというストレスが、呪詛された人を病ませたのだと思います。

そして、呪詛を受けた人は、別の術者を雇って、「呪詛返し」をします。

この「呪詛返し」を受けた術者は、死ぬとされています。

これは、「社会的な死」を示唆したものではないかと思います。

違法な呪詛を引き受けたことが露見し、術者としての社会的信用を失ったことを指して「死」としたのではないかと。

（だから太夫は、自分が呪詛を執り行うとは絶対に言いません。「そういう術法もある」

ょう）

「呪詛を引き受ける太夫もいる」と話します。平安時代の陰陽師もきっと同じだったでしょう）

さて、再び現代ネット社会。

匿名で人を中傷しまくっていた人の「個人情報」が露見したら、その人は現実の人間関係の中で著しく信用を損なうでしょう。

それもまた「社会的な死」と呼べるのではないでしょうか？

現代、インターネットという共同体で、「死」を覚悟して呪詛を行っている人は、一体どれほどいるのでしょうか？

ネット上の誹謗中傷や悪口は、呪詛です（相手を柔らかく操作・束縛しようとする言葉も、呪詛の一種です）。

現代、ネット上は呪詛が溢れかえっています。発する本人が正義の鉄槌《てっつい》であると信じている言葉も、四方八方から行き過ぎた数が重なれば、社会的な嬲《なぶ》り殺しでしかありません。

言葉で人を殺してしまえば、それもまた呪いです。

インターネットという共同体で、呪詛の標的になりやすいのはやはり著名人で、私もそこそこ売れている作家の一人として、常に呪詛を受け続けています。

しかし、言葉は呪詛ではなく、言祝《ことほ》ぎも担います。

太夫は、家内安全や平癒祈願など、善き祈りも担うのです（むしろそちらが正業です）。

「嫌いの主張ではなく、好きの主張を」と私が繰り返し言うのは、ネット上に呪詛が蔓延《まんえん》する世界ではなく、言祝ぎが蔓延する世界を望むからです。

自分の「嫌い」は、誰かを必ず傷つける。それは数重なれば、呪詛になるのです。

ネットは、便利なツールです。

言葉の術法を簡略化し、万人に使えるようにしたツールです。

便利なツールを、呪詛のツールにするか、言祝ぎのツールにするか。

選ぶのは私たち自身です。


私は誹謗中傷から柔らかな操作・束縛まで、多くの呪詛を受けてきました。

しかし、同時に、言祝ぎもたくさん受けています。

私に向けられた呪詛を、言祝ぎが癒してくれました。

だから私は、一部ゴシップ媒体から信じられないような悪意の呪詛を受けても、未だに作家として立ち続けていられるのです。

多くの呪詛を受けてきた身だからこそ、言祝ぎの力も身に染みています。

海外の読者さんが、拙い日本語で懸命に励まそうとしてくれることさえあります。

だから私は、人は呪詛よりも言祝ぎに生きることができると信じているのです。

（この文章の参考文献は、『憑霊信仰論』（講談社学術文庫）を始めとする小松和彦氏の著書です。若い頃に読んだ上での個人的な解釈なので、「いざなぎ流」についての詳細を正確に知りたい方は、各種文献を当たってください）

（2016年6月）

【振り返って一言】　骨組みまで削ぎ落として考えたら、言葉を巡る人間の営みは、平安の昔もネットの今も変わってないんだなぁと思います。

ネットの今も「社会的な死」の制度が徐々に整ってきたようなので、匿名にあぐらをかいていると呪詛返しで痛い目に遭うかもしれません。

真に力を持っているのは、陰陽の技でもインターネットの技術でもなく、突き詰めれば言葉なのだと思います。

同一化願望

「私と同じものを好きでいて」

「私と同じものを嫌いでいて」

「私が支持しているものをあなたも支持して」

「私が支持していないものはあなたも支持しないで」

更には、嗜好《しこう》が自分と違ったときに放たれる、

「がっかりです」

がっかりです、が更に強くなると、

「見損ないました」


これらは、同一化願望から発されることが多い言葉だと思っています。

そして、同一化願望が発生するのは、嫌いな人ではなく、好きな人であることが、大変な不幸だと思っています。

自分と嗜好が一〇〇％一致する人は、この世に存在しません。

人にはそれぞれの趣味嗜好、主義信条があり、それは反社会的な活動を伴わない限り、完全に自由です。

誰も個人の趣味嗜好、主義信条を強制することはできない。

しかし、「強制できない」代わりに、「同一化願望」をやんわり投げかけてくる人は、かなり頻繁に存在します。

自分の好きな人に、自分と同じ趣味嗜好、主義信条でいてほしい。

それは無邪気な欲求かもしれませんが、その欲求を向けられた人にとっては、精神の毒です。

「人に嫌われたくない」「できることなら好かれたい」という、人間の根源的な欲求に付け込み、その人の個性を「自分好みに変質させようとする」毒です。

「自分好みに変質させる」、それは支配とも言えるかもしれません。

発する本人にそのつもりがなくても、相手には毒になり、支配になってしまうことがあるのです。

無邪気な欲求を投げかけてくる方は、無邪気であるがゆえに、拒絶されると「ちょっと言っただけなのに」と仰います。

しかし、毒を投げかけられた側は、そうは行きません。

やんわりとではあっても自分の変質を求められたほうは、やんわりとした毒に精神を汚染されてしまいます。

その毒をどのように中和するかは、毒を受けた側の問題です。

無視するだけで中和できる人もいます。

きっぱり距離を取らなくては中和できない人もいます。

生身のお互いを知らないネット上では、相手がどのタイプかは分からないのです。

だからこそ、ネット上で誰かに対して同一化願望が含まれた言葉を投げかけることには、注意と覚悟が必要だと思います。

一言で相手に拒絶されるかもしれない。

その覚悟を持って、自分が投げかけようとする言葉を精査しなければならないと思います。


「好きな人と同じものを好きになりたい」

「好きな人の好きなものを理解したい」

それは、度を超さない限り、健全な同一化願望です。

「好きな人に私と同じものを好きになってほしい」

これも、度を超さない限りは、好きな人に好きなものを勧めたいという微笑ましい望みです（強制したらアウトです）。

しかし、

「好きな人に私と同じものを嫌いでいてほしい」

それは、暴走する同一化願望であり、相手に投げかけてしまった時点で、相手に「自分を支配しようとする毒だ」と思われても文句が言えないものになってしまいます。

特に後者は、好きな人を遠ざけてしまう可能性のほうが高いものです。

私は、どんなにファンだと言われても、その同一化願望を嗅ぎ取った瞬間に、全力で逃げます。

「がっかりする自由がある」と私に直接仰る向きがありました。

私は「がっかりされないために自分が無意識におもねってしまう」ことを恐れます。

ある作家さんとのやり取りで重要な示唆をいただきました。

――「私ならこれで傷つかないもの」「私ならこれで拒絶しないもの」というのは、「それで傷つくあなたがおかしい」という婉曲な攻撃でもある。――

私は、これも無自覚な同一化願望（同調圧力）の一種だと思います。

そういうことを投げられて「私の心が狭いのか？」と迷って更に傷ついてしまう人もいるかと思いますが、迷う必要はありません。

その人がタフ（というか痛みに鈍感）であることに合わす必要も、罪悪感を感じる必要もない。

私はそう思います。

（2018年5月）

【振り返って一言】 実はアンチに悪《あ》し様に罵られるよりも、「好きです」「ファンです」という方からの同一化願望のほうが疲弊します。嫌いという方に対してはシャッターを下ろすという単純明快な解決方法を適用すればいいだけなので、一時的には気持ちが波立つのですが忘却

も早いのです。

しかし、「好き」を盾に変質を迫ってくる人が相手だと、なかなかそうも行きません。

「好きなのにどうして私（僕）の言うことを聞いてくれないの」、これ恋人に言ったらかなりげんなりされる理屈だと思うんですが、相手が作家でも同じことです。

趣味嗜好、思想信条、ありとあらゆる自分の意向に完全に合致する人間は、この世で自分ただ一人です。他人に自分と似ることを求めてはいけません。

神戸の「ツリー」に思うこと

「鎮魂」の名の下に二度と対立が起こらぬように

二〇一七年冬、兵庫県神戸市中央区のメリケンパークに、「めざせ！世界一のクリスマスツリーPROJECT」として、高さ約三十メートルの生木の巨大クリスマスツリーが設置されました。企画は「プラントハンター」という肩書きでメディアにも出演する男性によるものでした。富山県氷見市に生えていた推定樹齢百五十年の木を輸送し十一月十七日に設置、十二月二日から二十六日まで一般公開されていました。ですがこのプロジェクトについては、告知された経緯や情報に虚偽があるのではという声や、またイベントが「鎮魂」を謳ったことに対しての反発、グッズ販売など商業展開への批判などが広がり、イベント中止を求める意見も多く挙がることとなりました。

大阪芸術大の純丘曜彰教授（哲学）は、「なぜ神戸に半殺しの生木を吊してはいけないのか：震災死者を冒瀆する　#世界一のクリスマスツリーの売名鎮魂ビジネス」と題した文章をインターネット上に投稿しました。その一節に「鎮魂どころか、ようやく癒えた傷口にナイフを突き立て、心臓の中まで掻き回し、被災者を、そして、死者たちを冒瀆する」という記述がありました。

この文章が「腑《ふ》に落ちた」という思いから、「あくまでも個人的な意見として」綴《つづ》った下記の文章は、ネットメディアである「産経WEST」に寄稿し、ツリーが公開中の十二月二十三日に掲載されたものです。

◇

記事を読んでみた最も大きなきっかけは、個人的に信頼する作家さんがTwitterにてRTしていたことです。

下記の記事をご覧になった前提で、あくまで個人的意見としてこの文章を綴ります。
「なぜ神戸に半殺しの生木を吊してはいけないのか：震災死者を冒瀆する#世界一のクリスマスツリーの売名鎮魂ビジネス／純丘曜彰　教授博士」（「INSIGHT NOW!」2017.12.14「livedoorNEWS」https://news.livedoor.com/article/detail/14029194/　などに転載）

物議を醸している「世界一のクリスマスツリー」について。

私は田舎の出身ですから、山の間伐の重要さも、間伐材を利用することによる林業の活性化も理解しているつもりです。

割り箸をむやみに否定してマイ箸を持ち歩くことが流行ったときも、「エコだから」と誇るようにマイ箸を取り出した方に「本当に日本の林業や木のことを考えるなら、国産材を使った割り箸を使うほうがいいと思う」と言ったことがあります。

（今はご存じの方も多いでしょうし、私は自分の生まれ育った環境で自然と身についていた知識なので、甚《はなは》だざっくりとした感じですが、念のためご説明まで。山の木は間引かないと良い材木が採れませんが、間引く若木は長さが足りないので材木として出荷することはできません。そんな間伐材を有効利用して山林が収入を得る方法が割り箸でもあります。ただし、今は外国の木で作った割り箸を輸入することも多いため、割り箸＝日本の山林の副収入という図式は簡単には成り立ちません。国産間伐材の割り箸の需要が増えたらいいなぁ、というのは、手入れをする人がいなくなってしまった荒れた山を見る度に思います）

さて、山を維持するための間伐に一定の理解があり、植物についてもある程度の知識を持っており、阪神・淡路大震災の頃に被害の外縁地域ではあるものの関西に住んでいた私ですが、件《くだん》のクリスマスツリーについてはぼんやりとした違和感を覚えていました。

山の間伐とは何かが違う。

ルミナリエとも何かが違う。

しかし、その違和感が何なのか、私には摑みきれずにいました。

鎮魂のために電飾を点《とも》すのはよくて、老木をクリスマスツリーとして飾るのは駄目なのか、と言われると、確かにそういう考え方もできるしな、と思いました。

もやもやしながら、この件については触れずにおこう、と思いました。

なるほど、そういうことか。と腑に落ちたのは、この記事を読んでからです。

ぼんやりとした違和感を覚えながらも、それを明確に言語化することができなかったのは、私が当時住んでいたのが「被害の外縁地域」だったからです。

下宿の隣のアパートは完全倒壊しました。下宿の内見の候補にも上がっていた物件でした（被害者はなかったようですが）。

でも、私の住んでいたアパートは大きな被害はなく、水も電気もガスもその日のうちに復旧しました。

運悪く倒壊した建物が町内にちらほらあり、犠牲者も出ている。

しかし、秩序の混乱はありながらも、比較的早く日常を取り戻した地域に私は住んでいました。

該当の記事のような痛ましさは、知人から話が入ってくる程度で、自分の身近な体験としては持っていませんでした。

だからこそ、震災の「被害」について軽々に語ってはならないと思いました。

大した苦労もせずに震災を過ごした私が、被害の痛ましさを分かったように語ってはならないと思いました。

それは、当時、私と同じようなレベルで震災を体験した人々の間に、暗黙の了解としてあったことのように思います。

作家になってから東日本大震災が起こったとき、過度な自粛に対する危惧から、自粛は被災地を救わないという発言はしました。

曲がりなりにも大規模震災を経験したことがある人間でなくては公に言いにくいことですし、これは自分の実感として確かにあったことだからです。

しかし、阪神・淡路大震災の「被災者」としてではなく、あくまで「体験者」としてしか語ってはならないという自分の中の禁忌がありました。

それは私が独自に判断したことではなく、「暗黙の了解」が育てた「分際」です。


であればこそ、だからこそ。

記事が生々しく訴える悲痛は、伝聞として「知ってはいる」ものの、おおっぴらに語ることは憚られる。

そうした節度を保った空気が、「外縁地域」まで含めた阪神・淡路大震災の被災地域に醸成されていたと思います。

本当の悲劇は、当事者しか語ってはならない。

当事者に対して軽々に「悲劇の語り部」たることを求めてはならない。

分際をわきまえたその暗黙の了解を、私はたいへん好ましい人間の営みだと思います。

であればこそ、だからこそ。

記事の訴えるような悲痛の記憶は、暗黙の中に受け継がれ、その生々しさには少しずつ忘却のベールがかかってきたように思います。

そのベールは、痛みが癒えるために必要なことでもあります。

知っているけど、敢えて大声で語らず、「覚えておく」。

そういうことが必要な段階が、個人、公、あらゆる悲劇にあると思います。

そして、阪神・淡路は、被災地域としてその段階に入っていたように思います。

であればこそ、だからこそ。

その暗黙にひっそりと受け継がれてきた生々しい痛みを「直接には知らない」人々が、勇み足を踏んでしまった。

今回のことはそういうことだったのではないか、と私は受け止めました。


純丘曜彰教授博士の記事の論調は、主催者に激しく怒りを突きつけるもので、反発を覚える人も多いかと思います。

実際、世界一のクリスマスツリーよりこの記事のほうがフラッシュバックを起こさせるのではないか、というような批判も見受けられました。

それもまた一理だと思いますし、もう少し穏やかに論を導けたら反発は少なかったのではないかとも思います。

しかし、私はこの記事で腑に落ちた自分の感覚を大事にしようと思いますし、この記事を読めたことに感謝したいと思います。

純丘氏が被災当時にどこに住んでいたかは存じ上げません。

しかし、あの筆致からすると、ご本人かご本人に近い人が、私などよりずっと「近い」

地域であの日の絶望を見ていたのだろうと思います。

そして、この漠然とした違和感に、あの日の絶望を「近い」場所で「知っている」誰かが警鐘を鳴らすことは、必要だったと思うのです。

山の間伐と似ているけど何かが違う。

ルミナリエと似ているけど何かが違う。

「地方の山林を肌感覚として知っている」

「外縁ではあっても阪神・淡路大震災を体験している」

その私でも、違和感を摑みかねていました。

今では、あの日の絶望を実感として知っている人のほうが少ないでしょう。

このままでは「鎮魂」を華やかな商業イベントにすることが全面的に是とされてしまう、という危惧が、純丘氏の筆を苛烈にしたのではないかとも思います。

当時、阪神・淡路大震災を「体験」していた私でも、ルミナリエの本質は今回の記事を読むまできちんと分かっていませんでした。

被災者がその人工の光に見出した希望を共有することなどできませんでした。

分かる、と言ってしまってはいけないのだと思います。

被災の中心地ですら被災程度は千差万別です。

家が全壊した人。半壊した人。無事だった人。

家族が亡くなった人。家族が無事だった人。

友達が亡くなった人。友達が無事だった人。

恋人が亡くなった人。恋人が無事だった人。

世帯主が会社員であったか、自営であったか。

被災による経済状態の困窮の程度。

本人の心身の健康状態。

被災地の真っ只中ですら、恐らく誰も同じ痛みの共有はできないのです。

ルミナリエの光も、全く同じに見えている人は、今まで一人もいなかったのでしょう。

私など「体験」しかしていないのだから、分かると言ってしまうのはただの傲慢です。

人は痛ましいことに関して、自分の知っている範囲で思いを致すことしか許されないのだと思います。


「世界一のクリスマスツリー」で地域を盛り上げよう、という発想自体が間違っているとは思いません。

善《よ》かれと信じて職分を尽くし、また応援している人もたくさんいると思います。

そういう方々を否定しようとは思いません。

しかし、その華やかなイベントに「鎮魂」の王冠を被せてしまうことは、やはりこれは「主催者側の」勇み足ではなかったかと思います。

例えばですが、最初から「鎮魂」を謳わず、「神戸のクリスマスを盛り上げよう」という趣旨で間伐材を運んできて「世界一のクリスマスフォレスト」を作るイベントであれば、私は違和感を覚えなかったと思います。

イベントの後に材を加工してグッズを作ることも「なるほど、そういう山林支援もあるのか」と感心したと思います。

「鎮魂」を謳ってしまった勇み足が、イベントの持っていた可能性をいびつにさせてしまった不幸な事例だと思います。

主催者側の「問題提起」という発言も読みましたが、「鎮魂」を問題提起の材料にすることには、私は強い違和感を覚えます。

また、せっかく楽しみにしている人も多い「クリスマス」という年間行事を、「問題提起」に使って水を差すこともないのでは、と庶民の私は首を傾げてしまうのです。

ルミナリエですら、存続の形には様々の議論が持たれていると聞いています。

神戸という地で、クリスマスのこのイベントを是とするか非とするか、そんな踏み絵を新しく作って踏ませることはなかったのではないかと思います。

せっかく新しいイベントを立てるなら、誰もが屈託なく楽しめるものであってほしいと思います。

次にまた神戸でクリスマスイベントを立てるなら、誰もが「素敵だね、楽しいね」と笑えるものであってほしいと思います。

そしてまた、今後「鎮魂」の冠を掲げるべきか否か、全ての催しが注意深く謙虚に自己を精査してほしいとも思います。

「鎮魂」は一部の方の発想による「問題提起の材料」に使われるべきではありません。阪神・淡路大震災は、都市部の大規模震災の最初の事例です。

日本有数の商業都市が立て直せるかどうか、日本中が注視していました。

望もうと望まざると、震災を絡めた立ち居振る舞いの一つ一つが、地域を癒やしていく営みの最初の事例として注目されるのです。

そのことを胸に刻んで、他の被災地域が「あの道を行けば癒やせるのだ」とたどれるような道を作ってほしい。

あくまで個人的な意見ですが、私はそう願います。

上記意見を発信した後に、「主催者も川西市の被災者ですが？」というご意見をいただきました。

ですが、私はそのご意見をいただいても、やはり自分の意見を撤回しようとは思いませんでした。

関西には、知り合って間もない人との間に阪神・淡路の話が出るとき、「当時はどちらにお住まいでした？」と尋ねる間合いが今でも残っているように思います。

この人とどこまで当時のことを話していいか、という暗黙を探る手がかりが、当時住んでいた地域になります。

だからどうだ、という話ではなく、当時も今も関西に住んでいる人にとって、あの震災は何となくそういう感じなんです、というだけのお話です。

「関西全般に『これだけは』と共通する体験がない」のが阪神・淡路大震災だったのだな、と改めて思います。

「共通する体験がない」ということだけが唯一の逆説的な共通体験。

人それぞれ。同じ地域ですら千差万別。

だから自然と慎重になる。

だから、誰かが「阪神・淡路の被災というものは」と代表して語ることもしない。

あくまで「私の場合は」となる。

どんなに被害の大きな地域にいたとしても、「自分より更に辛かった人がいるかもしれない」となる。

そんな感じ、としか言えませんが、そんな感じです。

だから、「主催者も被災者ですが」という意見に対しては、「誰もあの震災を代表して語ることはできないし、一人の被災経験を振りかざして疑義の多い鎮魂イベントを強行してはいけないと思うんだけどなぁ」という感じなのです。

それは主催者の方だけでなく、全ての人が「代表者にはなれない」。

「誰も震災の体験を振りかざすことはできない」。

それが関西に今でも残っている空気だと思います。

人に障らないように、各自で思いを致すしかない。


『阪急電車』で取り上げた武庫川の中州の『生』の字は、最初ひっそり出現しました。

「あれは何だろう？」と当時はちょっとした謎でした。

地元の芸術家の大野良平さんが、鎮魂と再生を祈念して、一人でこつこつ石を積んでいらしたと後から新聞の報道で分かった。

何度も増水で流失し、賛同者が集って再生し。

お一人で積んでおられた頃と比べて、字が太く力強くなった。

「人に障らないよう」。「各自で」。

何度も流失しながら、石をコンクリートで固めないのは、「障らないように」という配慮だと思います。

震災の記憶を中州にコンクリートでとどめてしまうことに、逆に痛みを覚える人がいるかもしれない。

祈念の濃やかさを感じます。

私にはそんな『生』の成り立ちのほうがしっくりくるのです。

ルミナリエが寄付で運営されているのも、同じ濃やかさだと思います。

いつか痛みの生々しい記憶が薄れ、石を積む人が自然と減り、ルミナリエの寄付が減って開催できなくなったときが、二つの祈念が役目を終えるときだと思います。

それは鎮魂の放棄でなく、成就だと思います。

鎮魂は義務ではなく、権利ではなく、ただ祈りであるべきだと思います。


鎮魂の名の下に対立が起きるというのは、やはり違和感があります。

本来、争う必要のなかった人々だと思います。

鎮魂の「是非」を巡って争うことは、最も鎮魂の志に背くものだと思います。

鎮魂の名の下に対立が起こった。

その事実は主催者が受け止めるべきことで、私たちは粛々と、冷静に、主催者や行政に「支持する理由」「支持しない理由」を伝える。

出現してしまった踏み絵に対して、私たちはそれしかできないのだと思います。

感情的に異論を責め立てることは相手を頑なにさせ、遺恨しかもたらしません。

批判精神が足りないという意見も拝見しましたが、私は鎮魂の名の下に起こってしまった対立を煽りたいわけではありません。

だから、主催者に対しても、行政に対しても、「私は違和感がある」としか言いたくないし、透けて見えるいろんな人のいろんな思惑を責めたくはない。

純粋に鎮魂に協力しようとした人もいるはずで、そうした方々の思いを無為にすることはしたくないし、そうした方々の肩身が狭くなってしまうようなことはしたくない。

僭越《せんえつ》であることを自覚した上で怒りを表明したであろう純丘氏のおかげで、違和感は私の中でクリアになりました。

純丘氏が「僭越な怒り」という泥を被ってくださったことに返すべき感謝は、「起こる必要のなかった争い」を煽ることではないと思います。

私はそれより、支持者も不支持者も矛を収められることを願いたい。

だから、批判ではなく「個人的意見」なのです。

私個人は、「問題提起」と称して人の心に争いを引き起こすような鎮魂行事を求めていませんでした。

阪神・淡路大震災を被災・体験した多くの方々もそうではなかったかと思います。

また、東日本や熊本をはじめ、ありとあらゆる地域の震災経験をお持ちの方も、いつかご自分の地に争いを招く鎮魂行事を求めてはおられないと思います。

二度と再び、鎮魂の名の下に対立が起こらないことを祈ります。

支持する人も支持しない人も、自分が何をしたいのかを見つめる必要があると思います。

私は「鎮魂の名の下に起こる対立」が忍びなく、同じ対立の再来を避けたいと思います。

そのために、私の覚えた違和感を、神戸市と主催者の事務所へお伝え致しました。
・主催者の意図はどうあれ、鎮魂の名の下に対立が起こった。
・その事実は冷静に受け止め、同じ混乱が起きないように、今後は一層の配慮をしてほしい。

神戸市と主催者が、この意見をどう受け止めるかは、分かりません。
一つだけ確かに言えることは、主催者の姿勢は、いずれ主催者自身に還るということです。
行政も報道も、またこの問題について声を上げた全ての人も同じくです。
時間が全ての人をその行いに応じて審判します。
この文章を書いた私自身も、時間の審判を待ちたいと思います。

（2017年12月）

【振り返って一言】　主催陣の名前を有川さんの本に収録したくない、という担当さんの強い希望により、個人名は出さないことになりました。興味のある方は調べていただけたらと思います。

収録したくないというのは完全に感情の問題だそうで、何か思惑のあることではありません。この問題に強く憤り、騒動の最中ずっと寄り添ってくれていた編集さんの一人でもあるので、意向を尊重したいと思います。

改めて思い返すに、批判者の皆さんは大変理性的であったと思います。きちんと裏取りをして、事実に基づいて企画を批判し、いわゆる炎上と呼ばれるものとは一線を画したものでした。

主催者が企画の乱暴さを認め、その点について率直に謝罪した上で企画の方向性を修正していたら、これほどの反発を地元から招かずに済んだであろうということは、今でも思います。

（このコラムを書くきっかけになった文章を書いた方は、その後別の問題で舌禍を起こされたようですが、『世界一のクリスマスツリー』に関しては、問題の周知に一役買ってくださったと思います。舌禍を悔いてくださっていることを祈ります）

また、「共通する体験がない」ということは、あらゆる災害について言えることだと後に思いました。誰か一人が代表者になれない、なってはならないということを改めて胸に刻みたいと思います。

いつか必ず時間が審判します

ひとつ前のコラムが、産経新聞のWEB「産経WEST」に掲載されました。

また、神戸市と主催者の事務所に、意見をお伝えしました。

(『阪急電車』版元である幻冬舎に託しました)

これまで発信した意見に、所感を添えてもらいました。

・主催者の意図はどうあれ、鎮魂の名の下に対立が起こった。
・その事実は冷静に受け止め、同じ混乱が起きないように、今後は一層の配慮をしてほしい。
・この意見は主催者の断罪を求めるものではない。

神戸市と主催者がどのようにこの意見を受け止めるかは分かりません。

読んでいただけたかどうかもこの時点では分かりませんし、それを追う気もありません。

私はお伝えした、後は先方の問題です。

私一人の意見で何かが変わるものではないと思いますが、伝えるという意思表示をすることには意味があると思います。

多くの意見が積み重なれば、何かが届くかもしれません。

その可能性を信じて、一個人として動くことしか私にはできません。


自分の信ずるところに従って行動した上で、私個人の感情の問題を吐露すれば、「知れば知るほど企画に憤りしか感じない」というのが正直なところです。

しかし、阪神・淡路大震災の被災者と体験者は、この企画に人質を取られているも同然だと思います。

企画が人質に取っているのは、一つに伐られた氷見のヒノキアスナロ。

そして、企画に善意を捧げた無辜《むこ》の第三者です。

最初から何らかの思惑があって手を組んでいた方もいるでしょう。

しかし、純粋な善意で協力した方々も、確かに存在するのです。

結果的に善意を消費した主催者に対して、憤りを消すことはできません。

それでも、私は、赦さねばならないと思います。

捧げられた全ての善意を苦しめないためにです。

伐られたヒノキアスナロを無為にしないためにです。

人質を穏やかに解放するために、私は主催者の断罪も社会的制裁も謝罪も望みません。

（望まないのは、主催者や行政にアプローチしてみた結果として、誠実な対応は望めない

だろうと個人的感触を得たからでもあります。であれば、追及が長引くことが寄せられた
無辜の善意を苦しませる不利益のほうを私は個人として採択した、というお話です）

善き企画ではなかったかもしれませんが、意味はあったと思います。

「鎮魂の名の下に人々に戦争を起こさせるような催しを強行してはならない」

その教訓が広く共有されたことが、この企画の最大の価値だと私は思います。

（ただし、私が個人的に見出したこの価値について、主催者側の誰にも「そう、議論でそうした意見を引き出すためにやったのだ」と言うことは許しません。本来、自然に維持されていた良識を、敢えて事を荒立てて教訓にする必要はありません）

次に同じ過ちが起ころうとしたとき、「また人々を争わせるのか」と疑義を投げかける根拠を私は手に入れました。

次にどこかで同じ過ちが起ころうとしているのを知ったら、私は今回の企画を根拠に再考を願う意見を一個人として送ることができます。

産経ＷＥＳＴに掲載された私の寄稿は、有志が作られた問題の時系列まとめや、震災体験のまとめを参考資料として付記させていただき、集積された情報を公の媒体に残すことができました。

時系列も震災体験も非常に理性的に編纂されており、第三者に対して説得力のある参考資料になると思います。

「誰も代表者として語ることはできない」

「誰も震災の経験を振りかざすことはできない」

これは、阪神・淡路に限らず、全ての災害地に言えることだと思います。

それは人々の暗黙のうちに醸成される「人間の分際」です。

主催者本人には、そんなつもりはなかったかもしれません。

しかし、結果的に「暗黙の分際」をすり抜けて「個人が震災の経験を振りかざして疑義の多い催しを強行する」ことが成立してしまったことは事実です。

その成立してしまったことが、未来への禍根です。

次はより自覚的に、もっと巧妙に「暗黙の分際」の間隙を衝く人間が現れるかもしれません。

私は、それを警戒する事例を得たことが、社会が得た財産であったと思います。

身を切るような教訓に尽くしてくださった無辜の第三者の皆様と、文字通りその身を捧げてくれたヒノキアスナロに、頭を垂れることしかできません。

「自分も被災者だから鎮魂の思いを口にする権利がある」

その発言に、私は異議を唱えます。

「鎮魂の権利」は誰も持ってはいません。

「権利」に付随する言葉は「義務」です。

権利も義務も、それ自体は大切な言葉ですが、鎮魂に寄り添わせるにはそぐわない言葉です。

鎮魂は権利ではありません。鎮魂は義務ではありません。

誰もが等しく持っているのは、「鎮魂の自由」です。

「自由」に付随する言葉は、「責任」です。

私たちは誰もが鎮魂を祈る自由を持っている、ただし自分が責任を取れる範囲内において。

「鎮魂の権利」という言葉に対して、申し上げたいことは、それだけです。

後は時間が審判するでしょう。
この問題に関わった人、発言した人、全ての人を時間が審判します。
己の来し方が己の行く末に還ります。
悲しむ人は悲しみ方を、
憤る人は憤り方を、
尽くした人は尽くし方を、
祈った人は祈り方を、
傲慢に振る舞い反省がなかった者は、その傲慢さと無反省を、
いつか必ず時間が審判します。

信頼が積まれるか、信頼が失われるか、あるいは失った信頼を取り戻せるかという形で。

私自身もこの文章を綴ったことについて、時間の審判を待ちたいと思います。


さて、その上で私は、「なぜこの問題に心痛める人々が、この問題から距離を置いたほうがいいのか」と題して、以下の文章を綴ります。

私個人としては、この問題に胸を痛めておられる方々が、この問題から距離を置き、休息してほしいと願います。

なぜなら、心ある方々は、この問題の不誠実に疲れすぎていらっしゃるからです。

疲れすぎ、起こる物事の一つ一つに対して反応がビビッドになり、あらゆる物事に「最も不誠実な解釈に至るフィルター」をかけてしまっているように思われます。

それは、不誠実を受けすぎて疲弊するあまりの、人間としてやむを得ない心の消耗です。

今は多くの方が、批判に節度を保とうと必死の努力を続けていらっしゃいます。

しかし、憤りを永遠に理性で押し殺すことは、絶対に不可能です。

そして、不誠実な人々は、誠実な人々が疲弊し、怒りを暴発させるのをひっそり待っているように私には思われます。

この疑義の多いクリスマスツリー企画について、心ある方々の憤りは非常に正当なものです。

それは「正しい怒り」です。

しかし、「正しい怒り」も、暴発したら、その正当性を失います。

「正しい怒り」が暴発することによって、最も得をする者は誰か？

不誠実な沈黙、不誠実な挑発を続けてきた人々です。

「かわいそうに、善かれと思ってやったことをあんなに叩かれて」

問題をよく知らない第三者の同情を集めることによって、不誠実な人々はこの問題の「被害者」の座を獲得するのです。


本当はもう僭越にこの問題を語ることはしたくありませんでしたが、企画を協同していた著名なコピーライターの方の挑発的な発言が未だ収まらない様を見て、「正しい怒り」が挑発を受けて貶められる可能性を指摘しなくてはならないと思いました。

僭越であることは百も承知です。コピーライターの方にその意図があるかどうかは不明です（疑わしきは罰せずです）。

しかし、「結果的に」そうなってしまう恐れがあるということを、私は気づいた者として指摘します。

憤りを永遠に理性で押し殺すことは絶対に不可能です。

そして、不誠実な人々が、今さら謙虚な反省を心ある人々に返す可能性は、現状では極めて低いと私には思われます。

であれば、疲弊した状態でこの問題に声を上げ続けることは、いつか「怒りの暴発」を招く恐れが極めて高いように思われます。

節度を保てている今のうちに、心ある人々は問題から離れたほうがいい。

私はそう提案します。

それは、今までの抑制と節度の努力を台無しにしないためにこそです。

問題について、一定の集積は為されました。

判断の根拠は心ある方々が集めて、

「今だから話せる阪神淡路大震災の体験」

「世界一のクリスマスツリープロジェクトの時系列の年表」

という形の碑にされました。

皆さんが築かれたその碑は、産経新聞という公の媒体で、私の寄稿の中に残されました。

誰もが簡単にその碑にアクセスすることができますし、公の媒体の中に残ったということで、碑には公の説得力も付加されます。

その碑を築いたことを問題に対する努力の証とすることで、疲弊した皆さんはこの問題から距離を置いてほしい。

不誠実を正させる努力を、集合知としての碑を公正に保つ努力に振り替えてほしい。

私は心からそう願います。

いつか、怒りの暴発が節度ある「正しい怒り」を貶めてしまう前に、この問題から避難してほしいのです。

不誠実さに疲弊しすぎた自分の心を守り、回復させるためにも。

ネットで正しい検証が進んでいるのに、なぜ報道に取り上げられないのかという苛立ちを持っている方々がおられるのも分かります。

しかし、報道というものは（それが公平性を保っているかどうかは近年疑義が発生しているものと思いますが、本来的な大義としての報道は）、集積された検証に「生身の責任者」が発生しないことには、それを公的な情報として強く取り上げることができないものだと思います。

ネット発信の情報が公的に取り上げられるためには、「責任者」を必要とします。

そして、この問題を集積した心ある方々の誰かに「責任者」の重圧を負わせることは、私はできないと思いますし、また「責任者」を見出すことも難しいと思います。

寄せられる全ての情報に責任を持てる人は、誰も存在しないからです。

情報の一つ一つに責任者を突き止め、多角的に裏付けを取ることは、報道として大変難しいことです。

問題を集積する窓口に生身のアテンダントを置くことも、やはりアテンダントとなる方の重責を思うと、安易に求められることではないでしょう。

ネットに正しい集合知があるのに、なぜそれが届かないのか。

それに対する苛立ちも、「正しい怒り」に付加されつつあると思います。

産経WESTに「碑」が収納されたのは、寄稿を寄せた「有川浩」の名前を保証書としてのことです。

しかし、「碑」を構成する知識の一つ一つには誰も責任を持つことができず、私も「碑がここにあるよ」ということを示すしかできません。

「正しい怒り」が暴発する危険は、疲弊が進むほど高まると思います。

「正しい怒り」が暴発する兆しは、私自身も最近経験しました。

ご自分の「正しい怒り」を強く信じるがあまり、私へのアプローチの手段を間違ってしまった方がおられました（その方はもう反省を見せてくださいました。私の指摘はかなり厳しいものであったにも拘わらず、受け入れてくださいました）。

誰も震災経験を振りかざしてはならないのと同じく、正義も振りかざしてはならないものです。

鎮魂が「祈る自由」であるように、正義もまた「信ずる自由」しか持ち得ないものです。

どちらも自分の責任の及ぶ範囲においてのみ、祈り、信ずる自由があります。

どんな正義であろうと、「振りかざした」瞬間に、その正義は正当性を失い、いかがわしいものに失墜するのです。

「自分の正義を信じるあまり勇み足を踏む」

このようなことは、今後どんどん増えていくのではないか、と私は危惧します。

正しい怒りは疲弊し、どこかで抑制を失い、責任を踏み外してしまうかもしれません。

ツリーに心痛める人が最も踏んではならない勇み足は、「憤りや悲しみの正当性を自ら手放す」ことです。

だから、この問題で心を痛め疲弊した人々に、不誠実な人々から離れることで休息を取ってほしいのです。


世界を敵と味方に分けたら、いつか全てを焼き尽くすことになります。

人間の営みは、全てが是々非々です。

一〇〇%善なる人間はおらず、また一〇〇%悪なる人間もいません。

分かりやすく分別できる「完全なる悪」も「完全なる善」も存在しないのです。

「完全なるもの」が存在するとしたら、それは「完全なる過ち」です。

しかし「完全なる過ち」を犯した者も、それが「完全なる悪」ではないのです。

繰り返します、全ての物事は是々非々です。

全ての人間は、全ての組織は、全ての営みは、ある瞬間は正しく、またある瞬間は間違っている。

その正しい行いをしたときが「善」であり、間違った行いをしたときが「悪」です。

一度間違ったとして、遡ってそれまでの功績や人生まで「悪」に塗り替えられるべきではありません。

また、間違った者の未来永劫を「悪」に塗り込めるべきではありません。

私はコピーライターの方が被災者に向けた冷淡を許すことはできませんが、しかし彼の過去の功績まで全て「悪」に塗り替え、貶めようとは思いません。

主催者をクローズアップした『情熱大陸』は、今回取り上げる題材を間違えたと思いますが、しかし番組が過去に取り上げた情報全てを「悪」に塗り替え、貶めようとは思いません。

主催者については、自分の嘘を自分でも本当だったと思い込んでしまう性質の人だと思っているので、誰もこれ以上囚われ傷つかないでほしいと願うばかりです。

彼はあまりにも自分を信じすぎており、彼を反省に導こうとするのは徒労にしかならないと私は思います。

また、神戸市にアプローチした結果、行政にも誠実な対処は望めないだろうという感触を個人的に得ております。

もし、不誠実な人々が謙虚な反省を行ったなら、私はもちろん心から称えます。

不誠実な人々をいつか称えることができる日が来ることを祈りながら、疲れた方々は今はこの問題から避難しませんか？　と私は提案します。

避難して、時折り碑を眺めましょう。

酷いことがあったものだなぁ、という思いを色褪せさせないように。

いつか同じ問題がどこかに再来したら、それにいち早く疑義を唱えることができるように。

私たちはその知恵を今回のことで得たと思います。

明日はクリスマス・イブです。

キリスト教で尊い赤ちゃんが生まれた日を、信者の皆さんが祝う前夜祭です。

怒りや憎しみを暴走させないため、自分の心の平和を守るために、疲弊した方々が問題から距離を置くには最もふさわしい日ではないでしょうか。

まだ過ちを犯した人を諦めたくない、過ちを正したいと努力するのは、もちろん自由です。

その根気強さと愛の深さを私は心から尊敬します。

しかし、ご自分を律することが難しいほどに怒りが高まってしまうときが訪れたら、どうぞ「暴発」の前に問題から離れて、休息を取っていただきたいと思います。

そしてまた、ご自分の信念を『煽動』に使ってはならない、ということだけは気をつけていただきたいと思います。

それは「正しい怒り」が正当性を踏み外してしまうに至る最初の一歩だからです。

「みんなもこう思うよね⁉」と詰め寄ってしまってはいけません。

それが『煽動』の第一歩です。

どんなにもどかしくても、一人一人が自分の信念によって行動し、その結果を待つしかないのです。

私は前回と今回の文章、そして産経ＷＥＳＴに寄せた稿を発表することをもって、自分の信念の表明と致します。

それを「みんなもこう思うよね⁉」と共感を求めることは誰にもしません。


主催者や行政を直接的に糾弾する以外に、問題を知らぬ「第三者」に向けて、被災地の思いを理解してもらえるように行動する。

被災地の思いを「第三者」に向けて、感情的にならぬよう、公正に、冷静に知らしめる。

市井の戦い方として、そういう道がある、ということを私は参考意見の一つとして提案します。

匿名のベールを脱ぐ気がない方が、「正しきことが勝利する様を見たい」と無責任に求め、「正しきことの勝利のために全てを投げ出し殉じる生け贄《にえ》」を求めることもまた、不誠実な人々と同じくらい罪深いことだと思います。

私の今までの稿は「正しきことの勝利のために全てを投げ出し殉じる生け贄」を生み出さないために発信したものでもあります。

心ある人々の、ご自分の自由と責任の範囲内において為される行動に、いつか時間が報いることを心から願いつつ。（２０１７年12月）

【振り返って一言】 文中の「碑」は産経ＷＥＳＴに残っている私の寄稿と、私のblogの原文にＵＲＬを記載してありますので、興味のある方はご参照ください。ご参照の際は、ご自身で咀嚼をしていただけますよう、よろしくお願い申し上げます。

異議を唱えていた方々の多くが批判すべきを批判したところで拳を下ろされており、やはりいたずらな炎上沙汰には至らず終わりました。主催陣から被災者の気持ちを逆撫でするような言動が重なる中、異議を唱えた方々は非常に抑制が利いていたと思います。

にも拘わらず、後から問題を知った方が周回遅れで的外れなことを仰ることが相次いだり、主催者が弁護士を使って一般の方に時系列の検証記事の取り下げを要求したり、心理的な圧力をかけたり、間尺に合わないことが後々まで尾を引きました。（なお、この問題に異議を唱えた方々は、日頃の個人的な思想信条を脇へ置き、「人として」看過できないというところで声を上げていました。特に連携を取っていたわけではなく、それぞれの信念に従って動いておられ、そのために意見や足並みが揃わない部分も多々ありました。周回遅れでやってきた方が、批判した方々を一まとめにして政治的な物差しを一方的にあてがい、よくある炎上として非難しようとするのは、非常に不当なことだと思います。こういうことを書かねばならないのは、

不当な非難が実際にあったからですが、異議を唱えた方々が更に疲弊させられたことを大変悲しく思います）

本当に主催者の将来を思う人がいるのであれば、謝罪すべきを率直に謝罪して仕切り直すことを勧めてほしいと思いますが、私にはそうするご縁はありません。

ただ、被災地の尊厳が踏みにじられたこの事例から、他の自治体や企業が学びを得てくれることを祈ります。

特に、鎮魂のあり方については、慎重に考えてくださいますように。

鎮魂が何らかの踏み絵になるような事態が、二度と起こらないことを心から願います。

◆産経WEST
【有川浩のエンタメあれこれ番外編】
神戸の巨大クリスマスツリー
「鎮魂」の名の下に二度と対立が起こらぬように
https://www.sankei.com/west/news/171222/wst1712220075-n1.html

◆ブログ「有川ひろと覚しき人の『読書は未来だ！』」
神戸「世界一のクリスマスツリー」について
個人的に思うこと（※追記あり）
https://ameblo.jp/arikawahiro0609/entry-12336781681.html
続・神戸「世界一のクリスマスツリー」について
個人的に思うこと（※追記あり）
https://ameblo.jp/arikawahiro0609/entry-12338535819.html

インタビュー・セッション

人生、感性、価値観、全部入り

＊本書の前巻となるエッセイ集第一弾『倒れるときは前のめり』の刊行時に、本の情報誌「ダ・ヴィンチ」に掲載されたインタビューです。

『図書館戦争』の続編や『レインツリーの国』、六月公開の『植物図鑑』と、自作小説の実写映画化が相次いでいる有川浩。「この一作を書くために作家になった」と公言していた長編小説『旅猫リポート』は来春、英国Transworld社より翻訳出版されることも決定した。

彼女のモットーが、初めてのエッセイ集のタイトルにもなっている「倒れるときは前のめり」だ。たとえ失敗したりつまずいた時も、前に進もうとし続ける！　実はこの言葉、二〇〇四年二月にライトノベルの新人賞「電撃小説大賞」の大賞受賞作でデビューするより前、初めて外部メディアで執筆したエッセイの一編に、既に書き込まれていた。作家自身も驚いたそうだ。

「編集さんに〝今まで書いたものを集めたエッセイ集を出しませんか？〟と声をかけていただいたのがきっかけで、デビュー直後の心境を綴《つづ》ったそのエッセイを、十数年ぶりに読み返したんです。〝こんな昔にこの言葉を書いてたのか！〟と。たぶん、作家としての私の根幹にあるマインドの部分は、デビューした時となんにも変わってないんです。高知県産〝はちきん〟って感じです（笑）」

言いたいこと、言うべきだと思ったことははっきり言う。新聞社からの依頼を受け、社会問題をテーマにしたエッセイを綴る機会も多かったが、はちきん＝男勝りで男前な書きっぷりは痛快だ。

「自分でもびっくりしたんですが、最初の頃からお金の話ばっかりしてますよね（笑）。〝小説家は商売人だ〟と、昔っから書いている。私の場合、書いただけでゴールではなかったんですよ。書いたものを出版社さんと一緒に本にして、本屋さんに託して、読者さんに届ける。その結果、どれくらいの利益が出たのか数字を知る。私にとって作家の仕事は、そこまで含むものなんです」

痛快さの裏には、しっかりした論理とともに、他者を思いやる優しさが宿る。例えば東日本大震災発生直後のエッセイで、〈自粛は被災地を救わない〉。経済が停滞せず回ることがゆくゆくは、復興費用に繋がる。不況が長引く出版文化については、読者にこんな言葉を紡いだ。〈あなたが新刊書店で一冊本を買ってくださるたびに、出版業界は未来へのご支援を賜っている〉。

「最近、遅ればせながらツイッターを始めたんですが、きっかけは〝本を買うということの意味〟を読者さんに届けなければと思ったからでした。本を買うことが、未来の本への投資になる。今後はこのエッセイ集でますます〝商売人キャラ〟がつくと思うので……お金の話、さらにバシバシ発信していきたいと思います（笑）」

ブックレビューを集めた章では、当時「アイドルが書いた小説」と色眼鏡で観られていた加藤シゲアキのデビュー作『ピンクとグレー』を力強く称賛した。映画レビューの章では、『HK変態仮面』のことを、おそらく日本で一番絶賛（笑）。この一冊には、有川浩の「好き」がたくさん詰まっている。

誰かを「好き」になる気持ちについても、恋愛小説に定評のある有川ならではの表現で綴っている。〈恋愛――官能というものは、何回経験しても初恋に戻ってしまうものだと思います。何故なら同じ形の恋は一つもないから〉。〈みんなみんな、最後の恋にたどり着くまで転んでも負けるな！〉。その大事さを最近、改めて感じたと教えてくれた。

「岡田准一さんのご招待でV6のコンサートに行ったんです。ステージの皆さんが〝六十代の人？〟って客席に呼びかけたら、結構な数のリアクションがあったんですよ。ものすごく素敵だなあと思ったんです。おばあちゃんになってもときめいていることって大事だよね、誰かに恋してなきゃダメだよねって。おじいちゃんおばあちゃんになってから、最後の恋を見つけてもいいじゃないって思うんです」

このエッセイ集は、作家生活十二年間のドキュメントとしても楽しめる。過去に発表してきた小説がどのようにして生まれたか、通常の「創作秘話」とはちょっと違った記述スタイルで記されている。

「フィールドワークの記録、ですかね。作家になりたいのにデビューできなかった頃って、頭で考えて書いていただけなんですよ。実際にデビューしてみたら、体を使って書いている。今はネットを使えばなんでも便利に調べることができちゃうけど、現場へ赴いて取材をして、生身の人と出会って、自分の体という優秀なセンサーを使って実際に感じ取ったことを元に小説を書く。小説を書くかどうかに限らず、〝体を使うことって楽しいよ〟って、伝えられたらいいなって思います」

作家を勇気づけた大きな出会いと、別れについても記されている。名俳優にして名書評家、二〇一一年五月に逝去した児玉清だ。実は東日本大震災が起こったその時、有川は児玉と対談をしていた。

「児玉さんが直に会った作家って、私が最後だったかもしれません。だとしたら、最後にお会いした時の様子をお伝えする役目があるなと思いました。児玉さんは全ての本読みにとって、全ての作家にとっての偉大なお父さんでもあったと思うんです。お父さんと最後にお会いした時、こういう感じでしたって……。文章にすることで、私の本の中に残っていていただきたかった」

最後の章では、愛する故郷・高知にまつわるエッセイが集まった。作家になる前の人生でも、作家になってからの人生でも、どれかひとつの出会い、どれかひとつのピースが欠けていたら、今の自分はいない。

「人生、感性、価値観。私の全部が、ここに入っています」

その「全部」を使うと、どんな小説が出来上がるのか？　「作家」と「作品」とのナチュラルな繋がりは、本書巻末に初収録された二本の短編小説を読むことで、確かめることができる。この一冊は、通常のエッセイ集の範疇に収まらない、特別な感動が味わえる。

「この本を最前線で売ってくれる書店さんを、ひとりで戦わせてはいけないと思っています。まずは売れる商品を、彼らの武器になる商品を作る。そして、私のできるやり方で援護射撃をする。〝本屋さんを応援しよう！〟と思ってもらえたら嬉しいですね。その応援は巡り巡って、未来の本への応援にもなりますから」

（２０１６年２月）

【振り返って一言】　インタビュアの吉田大助さんは、児玉清さんとの最後の対談のときも立ち会ってくれました。あのときの児玉さんの恐いほど熱の入ったうねりの大きな談話は、この人でなくてはまとめきれなかったと思います。

児玉清さんに託された「お天道様が見ている」感

＊児玉清さんも編集委員を務めていた、日医文化総研による文化情報誌「知遊」の巻頭コーナー「知遊の人」に掲載されたロング・インタビューです。

二〇一一年三月一一日午後二時四六分、東日本大震災発生の時、俳優であり稀代の読書家であった児玉清さんは、角川書店の応接室で、大好きな作家有川浩さんと語り合っていた。この作家にこれだけは訊いておこう、これだけは言っておこうという「熱さ」のこもった話しぶりであったという。有川さんの代表作『図書館戦争』シリーズ1〜4（角川文庫刊）に収載されたお二人の「文庫化特別対談」は、貴重な対談となった。

児玉さんは、その日から二か月と五日後の五月一六日、他界された。

児玉さんは、長年にわたり編集委員として本誌の企画・編集に深く真摯に関わってくださり、毎号「児玉清の書斎へようこそ」という対談企画を楽しみに、大事にしてくださっていた。対談のゲストはいつも児玉さんが「会いたい」と切望される方をお迎えしていた。

児玉さんが逝かれてまる五年、おそらく「書斎」にお招きしたかったであろう有川浩さんに、「知遊の人」としてご登場いただくこととなった。

これまで、高齢の方が多かった「知遊の人」に、初めてお迎えする若いゲスト、四十代前半とおぼしき有川浩さんは、スラリとした小顔の楚々とした女性作家である。

児玉清さんに作品を読んでいただき、
お言葉をいただいたことは、私の一生の宝物です

——文庫化記念の特別対談は二〇一一年三月収録とありましたので、亡くなる直前だったんだなあと思いつつ拝読したのですが、有川さんのエッセイ『倒れるときは前のめり』で、それが東日本大震災の当日だったことを知り、驚きました。

「児玉さんという方は、すべての作家の『お父さん』みたいな大きな存在で、あの方に読んでいただけた、褒めていただけたというのは、その作家の一番の勲章になる、そんな方でした。とにかくフェアに読んでくださる方で、自分の好みに合わないからこの作品はダメだということがない。必ずその作品の良さを引き出してくださる。そして、面白いと楽しめる幅がとても広い。本として出ているものだから、必ず面白いところ、いいところがあるはずだ、という信念を持って読んでくださっていたのでしょう」

児玉さんは、自分で読んで面白かった作品を応援することにも積極的であった。『知遊』の対談にゲストとして登場した佐伯泰英さん（7号）、海堂尊さん（13号）も、児玉さんが書評で面白いと書いたり、ラジオで紹介したりしてくださったおかげで、たくさんの読者を得た、と感謝していた。

『知遊』での対談の日、児玉さんはいつもその後に仕事の予定を入れることがなかった。ゲストとのお話が弾んで所定の時間を超えることがあった場合、ホスト役である自分のほうから「次の約束がありますので」と話を打ち切ることの無いように、という配慮だったのであろう。

有川浩さんも、「時間の許される限り、この人と話していたい」と児玉さんに思わせる作家のお一人だったのではないか。３・11の角川書店での対談のとき、児玉さんが大きな揺れの中でも話し続けておられたと、エッセイ『倒れるときは前のめり』に、その情景が書かれている。自分に残された時間はあまりない、有川さんと話すのもこれが最後かも知れないという思いが、児玉さんを熱くさせたのではないだろうか。

「聞きたいことは全部聞いておかなきゃ、ぼくが伝えたいことは全部伝えておかなきゃ、という感じで、いつも穏やかで濃《こま》やかな児玉さんにしては珍しく熱っぽいお話の仕方でした。こういう価値観をこれからの世の中にちゃんと書いてくださいよ、伝えてくださいよ、と託された気がします、あとから思うと……。人が本来持っている美徳とか、優しさとか、《お天道様が見ている》から《お天道様に恥ずかしくないようにしよう》というようなまっとうな感覚、児玉さん世代が守って伝えてくださったことを、言葉でもって発信していくのは作家としての私の務めだと思います」

小さいときから好きだったお話創りが、
大人になって仕事になった

――高知県で生まれ、高知県で育ったそうですが、どんな子供時代を過ごしたんですか。

「子供の頃から《お話を書く》のが好きな子で、字を覚えるとすぐに絵本のようなものを書いて、面白いから読んで、読んでと見せて回っていました。中高生になっても同じような感じで、友人達に読んでもらって。当時から私の作品を読んで面白がったり、いろいろ感想を言ったりしてくれた周囲の友人達に、作家としての下地を創り、育ててもらったと思っています。私は、児玉さんにも申し上げたんですけれど、子供の頃から勉強をさぼってきて、《学が無い》《頭が悪い》ということが、作家としての最大の武器だと思っているんです。ただ、そういう人は最初からいろんなものを知っている人に比べて、何でも面白がれる。面白い！　と思える幅が、頭のいい人、よく知っている人よりちょっと広い(笑)」

子供の頃、山も川も海も畑も野道も身近にあった有川さんは、フットワークよく動き回り、想像力を働かせて物語を書き続けた。電撃小説大賞を受賞したデビュー作『塩の街』の奇想天外な設定は、海の近くで育ち「塩害」という言葉に馴染みがあったことが発想のきっかけであった。「塩害」の本来の意味は、「海岸地帯で塩水浸入や潮風のために、農作物・施設などが被害を受けること」だが、「もしも塩の害が人間に感染する病気みたいなものだったら？」という突飛な思いつきから、ピュアな究極の恋愛小説『塩の街』は生まれた。引き続き発表された『空の中』『海の底』と合わせて、陸・空・海の自衛隊三部作と言われている。

――有川さんのいろいろな作品の中で、「よくやったね」とか「頑張ったな」という言葉の代わりに、尊敬する上司や先輩などに頭をポンポンとされるシーンがあります。登場人物の気持ちが通い合って、読んでいてほっこりする好きなシーンですが、有川さんご自身に、おじいさんとか親御さんとかによく頭を撫でられたという原体験みたいなものがあるのでしょうか。

「小説を書いていると、よく『自分の体験ですか』と訊かれるんですよね。実は、非常に困惑する質問です。作家は想像力でお金を稼いでいる生き物ですから。書かれていること全てに作者の経験の裏打ちがあるという前提なら、恋愛物をたくさん書いている作家は非常に恋多き人ということになってしまいます（笑）。核となる要素があることもありますが、基本的に小説はフィクションです。『これは実際の体験ですか？』というようなご質問は、野暮なものだと思います。私が書くかっこいい人は、私に気づきをくださった大勢の方に要素をいただいています。人生には、尊敬する方や、《道しるべ》になってくださる方との出会いがあるものですよね。私にとって、児玉さんもその《道しるべ》として大きな存在でした。出会いは自分を閉ざさなければ広がっているし、人間には想像力もある。知識や経験が足りないことを本で埋めることもできるんです」

図書館に貼られた《図書館の自由に関する宣言》という
プレートから、「図書館戦争」シリーズは生まれた

——図書館を舞台にして、表現の自由を守る戦争をするというあり得ない設定で描かれた本当に面白い小説で、映像化もされ、幅広い年齢層に読者を得ましたね。

「地元の図書館で《図書館の自由に関する宣言》というプレートを見た瞬間、これは小説になるな、魅力的な素材だなと思いましたが、急いで書かなくちゃ、誰かに先に書かれてしまう、と焦りました（笑）。執筆に当たって、編集担当さんから出された条件は一つだけ、ヒロインをこれまでの『塩の街』『空の中』『海の底』のように、健気でしっかりしたいい子じゃない女の子にしてください、と（笑）」

こうして誕生したのがヒロインの笠原郁。長身で男に負けない身体能力の持ち主、考えるより先に突っ走ってしまう無鉄砲な女の子である。高校生のとき自分を助けてくれた図書隊員を「王子様」と慕い、図書特殊部隊に入る。自分をしごく鬼教官堂上篤二等図書正に猛反発するのだが……。

——登場人物がそれぞれ魅力的なキャラクターで、脇役まで「キャラが立っている」し、飛び交う会話がすこぶる面白い。ユーモアもたっぷりあって、クスッと笑いながら読んでいたのに、いつしか涙が出ていた、というシーンもありました。

「子供の頃から、読んでいる本や映画やドラマでいちばん興味があるのが会話のやりとり

だったんですよね。興味があるのは人の心、その心の中を伝えるツールが言葉でしょう？ だから、言葉を尽くして会話のやりとりを描くのです。脇の人でも、その人物を書いているときは私は、その人のためだけの監督であり、演出家であり、一人一人を人間として扱っているので、キャラクターに皆さんが仰る厚みとか膨らみが出てくるのかも。現実にはありえない設定で出来事が起こっても、その状況にいる人物の気持ちに嘘がなければ、読者さんは大概のフィクションを飲み込んでくれる。私は、読者さんの受け止めてくれる力を信じて書いています。デビュー前からそう思っていたし、知っていました。書いたものを仕舞い込んでいないで、周りの友達に読んで楽しんでもらっていましたから。小説って独りで書けるものじゃないと学びながら、ここまで来ました」

　自分の小説は独りで頭の中で書くものではない、フィールドワークの結果なので、人に会うことを億劫がるようになったら作家として終わるんだろうな、と有川さんは言う。人が好きで、人に興味があって、人を信じて書いているので、映像化の話もどんどん進む。『図書館戦争』にしても『阪急電車』にしても、スタッフ・キャストのチーム感、一体感が半端ではない。出演者は、役ではなく「その人」になり切ってくれるという。

　映画『図書館戦争』で主役の堂上篤を演じた岡田准一さんは、「ぼくは、原作を全部読んでから役に当たるタイプなので、堂上が郁と結婚するのは知っているのだけれど、映画を撮っている段階では、こいつと俺が将来どうにかなるなんてあり得ない、と思っていた。そのくらいキャラクターに入れ込んでいたんです」と言っていたそうである。

「こんなにスタッフ・キャスト一丸となって、もう一度続きをやりたいと思った作品はない、と言っていただきました。そういった《核》になれるようなものをお渡し出来たとすれば、原作者としてとても光栄なことだと思います」

二〇一六年六月四日公開の映画『植物図鑑 運命の恋、ひろいました』は、主演の岩田剛典さん（EXILE／三代目 J Soul Brothers）と高畑充希さん（NHK連続テレビ小説『とと姉ちゃん』のヒロイン役）の二人が超多忙なため、スケジュールがタイトで厳しい撮影現場であった。撮影期間は昨年の梅雨期。ロケの多い撮影現場は、天候不良によりどんどんスケジュールが厳しくなる。そんなとき有川さんが激励のため現場を訪れると、奇跡的に雨が降らず、撮影が順調に進んだ。

一〇回近くも現場を訪れた有川さんは、スタッフの名前を覚え、花冠を作り、パーティーのシーンではエキストラとして出演し、深夜まで撮影に立ち会った。原作者の熱意と協力にスタッフもキャストも感激し、「有川先生のためにもいい映画にしよう」と、おおいに士気があがったという。

「好き」という言葉はどんどん言って！
でも、「嫌い」とは公言しないでほしい

――『図書館危機（図書館戦争シリーズ③）』では、現実にも進みつつある「言葉の自主規制」を巡る攻防が描かれていて、身につまされる思いがします。

「言葉狩りが進むのは、インターネットなどでユーザーが無軌道に言葉を使っていることへのツケでもあると思います。傷つけられる人の人権を守るために、と綺麗な理由付けをされたら、逆らえない。インターネットの世界はまだ成熟していないけれども、後の世代にインターネットが自由に発言出来る世界として伝えられるか、それとも規制されるのが先か、今、分岐点に立っていると思います。でも、インターネットでは顔が見えないからといって何でも発言していいわけじゃないよ、と言うと共感してくれる人もたくさんいるんですよ。伝えたら自律してくれる若い人がいるのだから、面倒がらずに発信するのも大人の義務だと思います」

有川さんの小説が大好きなファンの中には、「映像化しないで欲しい」と要望したり、映像化された作品がイメージに合わないと言って、インターネットでやみくもに酷評したりする人がいる。原作が「好き」ということを「楯」にして、大勢のスタッフ・キャストが精魂込めて創り上げた映像作品を悪しざまに言う権利は読者にも無いし、原作者としてはむしろ苦痛なのだ、と有川さんは発信して理解を求めている。

「好き」という言葉がもたらす共感は人の繋がりに良い結果を生み出すが、「嫌い」で繋がる共感はマイナスの結果しか残さない。有川さんは「嫌い」という言葉は、それを好きな誰かの感性を傷つけることになるかも知れないので、公共の場では使わないよう心がけているという。

暮らしの中の身近なものに対しても、「好き」は言っても、「嫌い」は出来るだけ避けたい。たとえば、子供たちはよく「納豆が嫌い」「ピーマンが嫌い」などと言う。もしかしたらその場に、ごはんに納豆を混ぜて食べるのが大好き、茹でたピーマンの胡麻和えが大好きという友達がいるかも知れない。「嫌い」という一言で大好物を否定された子供は、どんな気持ちになるだろうか。

「嫌い」という言葉は他人を傷つけることもあるから使わないようにしようね、他人の気持ちを思いやれる人になろうね、と、子供や若い人たちに「好き」と「嫌い」の使い方を教えるのも、「まっとうな価値観」の持ち主を育てる基本かも知れない。有川さんのエッセイ『倒れるときは前のめり』を読みながら、そんなことを考えた。

「包丁は料理に使うと道具だけれど、使い方を誤れば凶器になる。言葉もそうです。昔は言葉を使って世界中に発信するのは記者とか作家とかに限られていましたが、今や無名の一般人が自分の思考を放つことが出来る。それは、素晴らしいことであるとともに、使い方に責任を負わねばならない道具を渡されたということでもある。言葉が生きるか死ぬかの潮目のような所に、今、私達は立たされているのだと思います」

語句も文字も使われないと死んでしまう
残したい語句や文字はどんどん使いたい

——有川さんの作品を読むと、同世代の人が使いそうもない語句や文字がたくさん使われていて、それらは昔読んでいた本には使われていたので懐かしく、嬉しくなりました。

「漢字が多いとはよく言われます。個人的には漢字の音と意味を同時に伝えることが出来るという特性が好きで、それは児玉さんとの最後の対談のときもお話ししたんです。近頃は、わかりやすくするために漢字を開く（かな書きにする）傾向にあるけれど、いかがなものかと児玉さんも仰っていました。中高生の頃から向田邦子さんが好きで、よく読んでもいたので、あの方の描く世界、感性、使う言葉や文字が体の中に入っているのかも。語句でも、漢字でも使わなければ死んでしまいます。残しておきたい語句や漢字はこれからも使っていきたいです」

——向田さんがご健在で会うことが出来たら、さぞお話が合うと思いますよ。

「いやぁ、同時にすごく叱られそうだ（笑）。向田さんがお使いになっていた《料《りょう》る》という言葉、辞書にもちゃんとあって、残したい好きな言葉だから私もよく使うんですけれど、間違ってますと、指摘してくる人もあるんです。そんな反応を見て思うのは、人間って、自分の知っていることの範囲で判断するんだなあ、ということ。知らないこともいっぱいあるかもよ、と伝えていきたいですね、人の揚げ足を取って優越感を楽しむという傾向もあるので。読者さんの感性を《耕す》ことも、私達作家の役目かもしれません」

阪急今津線を走る電車を舞台とした連作短編集『阪急電車』（幻冬舎文庫）。宝塚駅から西宮北口駅へ行き、そこで折り返してまた宝塚駅に戻る電車の中には、それぞれの人生を背負った人たちが乗り合わせている。同僚に婚約者を奪われたのに、純白のドレスで二人の結婚式へ乗り込もうとしている翔子。そんな彼女に「討ち入り」なの？　と声をかける老婦人時江など、電車を乗り降りする人物に焦点を当てたり遠景で描いたりしながら、物語は紡がれる。文庫版の解説は児玉清さん。文面から察すると3・11の対談より前に書かれたもののようだ。「有川作品は単純に超のつく面白さだけではない。正義と書いてしまうと、なんだかちゃんちゃらおかしくなってしまうのだが、まっとうなとか、物事を正す、といった、やっぱり正義感か、といったものが、いつも全編を、いや全作品を通じて太いパイプのように流れていることを決して忘れてはならない」と、有川さんのぶれない姿勢を興奮気味に讃えている。

『阪急電車　片道15分の奇跡』は映像化され二〇一一年四月二三日、東日本大震災の後で一般公開された。それに先立つ三月三〇日、有川さんは翔子役の中谷美紀さん、時江役の宮本信子さんたちと一緒に、宝塚大劇場での映画試写会の舞台挨拶に立った。阪神・淡路大震災の被災体験者である有川さんにとって、被災していない地域の人が「映画を観るなんて不謹慎だ」と自粛してしまうのはかえって辛いこと。「自粛しないで観てください。そして経済を回してください。それが東北を元気にするのです」と挨拶で述べた。自分に被災体験があるからこそ、自粛により経済が冷え込むのを避けたい思いだった。中谷さんたちも有川さんの気持ちを受け継いで、その後も各地の舞台挨拶で、同じ言葉を届け続けてくれた。

倒れるときは前のめり
火中の栗も拾います

――《毎回、本を書く度に「楽しいなぁ」と思います。今回も漏れなく「楽しいなぁ」と思いました。後は読んでくださる方がそう思ってくださったら、これ以上幸せなことはありません》。これは、児玉さんも大好きだった『三匹のおっさん』（講談社文庫）の「あとがき」の最後に有川さんがお書きになった文章です。作者がこれだけ楽しそうに書いた作品なのですもの、児玉さんがご自分のラジオ番組で、ハイテンションで面白がって紹介された気持ちがよーくわかります。

「私はもともとカッコイイおっさんやおじいさんが好きです。『空の中』の宮じいのモデルになった仁淀川の漁師さん、土佐弁を使うとてもカッコイイおじいさんで、この方に出会えたのは本当に幸運でした。『三匹のおっさん』を書いたのは、最近のお年寄りは元気だなぁ、若いなぁと思ったことがきっかけです。定年退職したからって、まだまだ体力も、長年培った経験や知識もあるんだから、それを社会で活かしてほしいという願いを込めて纏めたものです。私の描くおっさんやおじいさんが、いいな、と思っていただけるとしたら、それは私の、《お年寄りはこうあってほしい》という祈りがこもっているからです」

還暦を過ぎた三人の幼馴染が、地元の自警団を組み、それぞれの得意技を駆使しながら身近なトラブルを解決していく。この作品でシニアの有川浩ファンが一気に増えた。映像化もされ、続編『三匹のおっさん　ふたたび』も刊行された。続編の解説を書いているのは、映像で三匹の一匹目、剣道の達人キヨこと清田清一を演じた北大路欣也さん。キヨを演じていて少年時代が甦った、という。「役を演じている」というより、昔、自分が見た風景の中に戻っているように感じたそうだ。昔、老人たちはよく子供たちを叱ってくれた。「怒る」のではない、「叱る」のである。

北大路さんは、初めて有川浩さんに会ったとき「乙女姉さんだ」と思った。坂本竜馬の姉、坂本乙女である。男勝りで、文武両道、土佐の言葉でいう「はちきんさん」。確かに有川さんには、人として許せない行為や、暴言には物申さずにはいられないところがあるかも知れない。

「わざわざ火中の栗を拾いに行かなくても、という意見もありますけれど、拾っちゃいますね（笑）。私は、やらなくて後悔するより、やって後悔するほうを選びます」

――初のエッセイ集『倒れるときは前のめり』のタイトルは、坂本竜馬の言葉だそうですが……。

「諸説ありましてね。竜馬が好んで言った言葉だ、とも、司馬遼太郎さんが竜馬の言葉としてお書きになったとも。元気のいい言葉で、土佐生まれとしてはスッと入ってくるので、色紙に言葉を添えてサインして欲しいと頼まれたときには、これを書いています」

著書と色紙に、この言葉を添えてサインをいただいた。何枚かある色紙の中から有川さんが選んだのは、「ゆずのような色だから」という一枚。エッセイ集『倒れるときは前のめり』の表紙イラストにも描かれた高知名産の「ゆず」に、ごく自然に思いを馳せる——。

インタビューを終えて、エレベーターまでお見送りしたとき、有川さんがサッと右手を差しのべてくださった。この手で、変幻自在、骨太な、ピュアな、楽しい、おしゃれな、奇想天外ないろいろな作品を生み出すのか、と感動しながら、そのほっそりした手を握り返した。

（2016年7月）

【振り返って一言】　児玉さんと親しかった方々に会えてお話を聞けたことがとても嬉しかったです。この方々に私がお会いした児玉さんの様子を伝えたいとかなり饒舌《じょうぜつ》になりました。

毎日の生活を、一番近い所にあるものを大事に

＊小学校を中心とした教師や保護者向けの専門誌「教育研究」に掲載されたインタビューです。

小説、そして映像化される作品でも多くの人を魅了する有川浩さん。その豊かな表現力は、まるで魔法のように感じられます。作品について、有川浩さんご自身のことについてなど、様々な視点で語っていただきました。

作品を書く仕事の楽しさ

その世界に入れている時が楽しいですね。キャラクターの人生を見せてもらっているというか、その世界に入ってキャラクターたちを追いかけているように感じています。物語は主人公たちのものなんです。私は書いてはいますけれど、物語を預かっているだけですから。

ドキュメンタリーを傍で撮っているような感覚に近いと思います。キャラクターたちは

何かをやってくれるんですよね。

書き始めと書き慣れてきたあたりとでは、キャラクターが見せてくれる顔も違ってきます。

例えば『図書館戦争』というシリーズがあるんですが、かなりのキーキャラクターとして、ヒロインの郁のライバルである手塚という同期がいます。その手塚に兄がいたという設定は、『図書館戦争』の一冊目を書いた時点では、私の中には全くなかったんです。

つまり、手塚というキャラクターを書いていくにあたって、たぶん手塚が、「こいつにだったら見せてもいい」と、自分の兄を私に見せてくれたことで知り合えたんでしょうね。そして、それには二冊目までかかったということです。

最後まで分からないキャラクターもあります。『塩の街』の入江は、彼が主役の短編を書いたこともありますが、最後まで分かりませんでしたね。「おまえ、絶対見せる気ないだろう」って……。

佐藤さとるさんの『コロボックル物語』という作品を引き継いで書いているんですけれど、私が子どもの頃『コロボックル物語』を読んでも、佐藤さんの作意を感じることはありませんでした。

大人になってから、実は色んな技が使われていたんだなと思うけれども、でもたぶん、佐藤さんがコロボックルたちを、「ああしよう、こうしよう」とやったところは恐らくなくて……。

その物語の行き先は、その物語の中に生きている人が、知っているんだと思います。

国語の学習

私の作品が国語のテストの問題文になったこともあるんですけれど、私はそのテストで百点がとれたことがないんです。

「こういう解釈なの、へ～っ」という感じなので、あれが解けなくても全然気にすることないというか、作者からしたら見当外れなこともあります。

学習として、割り切って教えてあげてほしいです。「これは、テストで正解するための読み方で、これが唯一の正しい読み方ではけっしてない。読む人がおもしろいと思った読み方が一番いい読み方で、それは間違っていないよ」ということを、保証してあげてほしいです。

――以前、読書感想文や、学習のまとめとして「作家に手紙を書く」ということについてのお考えを出されていたことがありますよね。

作品を読んで感想を書くというのは、大人でも難しいことだと思います。読むのが苦手な子は感想を書くのも苦手なので、原稿用紙を埋めていくことは大変なはずです。

それなのに、「これでは少ない」「ただのあらすじ」と先生に言われてしまったら、本を読むのが嫌いになって当たり前だと思います。

もし、感想文を宿題にするなら、一行でもマルとしてあげてほしいんです。本を読むのが苦手、文章を書くのが苦手という子が振り絞った一行なんですから。

また、作家に手紙を書きたいという気持ちは、好きな人に初めてラブレターを書くのと一緒だと思うんですよね。

その初めての気持ちを授業で奪うことはしないでほしいと思います。

子どもの頃のはなし

本ばかり読んでいました。学校で図書館に出会うまでは、父の本棚から自分が字を拾えそうなものを読んだり、漫画もよく読んでいました。

基本、読書は「遊び」なので、楽しむために読んでいました。

仮面ライダーごっこをした後に、そのレポートを出さないのと同じです。

読書は「遊び」であるはずなのに感想文を要求されることがあるというのは「遊び」として愛されるためには、ものすごく不利だと思います。

本を読むという「遊び」の延長線上に「自分でもお話を書きたい」という気持ちがありましたが、それは大人に強制されなかったからこそ生まれる気持ちでした。

感想文を宿題にしないでほしい、というのは、子どもさんが読書を好きになってくれる可能性をつぶさないでほしいからなんです。

――小学生時代の子どもたちに読んでほしい作品はありますか。

『コロボックル物語』や『旅猫リポート』は絵本版や青い鳥文庫版が出ているので、読みやすいかなと。『コロボックル物語』は、私のから入ってかまわないけれども、佐藤さとるさんまでさかのぼって読んでほしいです。

学校や家庭での教育

本音と建前を教えてほしいと思います。

例えば、作品の読み方だったら、現代文のテストでいい点数を取る読み方は建前で、でも、本当に大切で身近にあるべきなのは、本音の読み方だからねということです。

あと、転んでも大丈夫ということを教えてほしいですね。

私のまわりには、これまで恰好をつけて失敗しないように生きてきたんだなと感じる人もたくさんいるんですよ。

そんな人がつまずいた時には本当に弱くなってしまうんです。

失敗は、若い時こそ許してもらえるんだから、たくさん失敗してほしいです。

恋愛も同じです。振られて恥をかくのを恐れず、好きな人にはちゃんと好きって言ってほしいですね。たとえ振られたって、ちゃんと気持ちを伝えた勇気は、絶対にその人の人生を豊かにします。

子どもが減ってきたということもあると思うんですけれど、一人一人を大事にし過ぎて、傷一つも付けないように育ててしまう。そうなったら、どこで痛みの訓練をすればいいのだろうという話になってしまいます。

友人が「自分の子どもに辛い思いをしてほしくないのは当たり前。でも、苦労しないまで大人になったら絶対歪む。それで苦しむのは当の子ども。どこかで適度な恥をかいて、適度な失敗をしてほしい」っていうのを聞いて、もっともだなと思いました。

作品について

私が今まで書いてきた作品は、頭がよかったら書けないものばかりなんですよ。分からないから調べる、知らないから色々なことが面白く新鮮に思える。物を知らないということがネガティブな意味だけでなく、武器になると思うのはそこなんです。

デビュー作で自衛隊を扱ったのは本当に偶然です。本になるなら、ちゃんと調べようと思ったんですけど、取材の仕方や作法も全く分からなかったので、体当たりで問合せの電話をかけました。

その時、自衛隊の方は皆さんとても優しくて、それまで何となく怖いイメージを刷り込まれていましたけど、「ああ、親切な人たちがやっているんだな」と感じました。親近感を覚えて、自衛隊で幾つか続けて書くことになったんです。物を知らないということは「予断がない」ということなんです。それが自分の強みだと思っています。

もし、自衛隊についても、何らかの予断をもっていたら書けなかったと思います。真《ま》っ新《さら》な状態で彼らを知って、書いたらこうだった、ということです。子どもがいないのに、子どものことを書けるのもそうで、それは全ての作品に対して言えることとです。

ヘタに知識をもっているよりも、知らないことの方が強みになるということは、いっぱいあると思います。知らないからこそ教えを請うつもりで誠実に調べることができる。私は人間の足元を一番掬《すく》うのは、予断だと思っています。

——有川作品を読んで流す涙は、温かいように感じます。

『旅猫リポート』も『アンマーとぼくら』も、私は幸せな話として書いています。なんでそういう話が書けるのかと言えば、それは私のもっているものが真逆だからだと思います。

書きたいことは、いつも自分の外側にあるんです。

自分の中に真っ黒いものがいっぱいあるからこそ、人の光の部分が、それを当たり前に備えてる人よりもきれいに見えるんですよ。

例えばですが、湊かなえさんの小説はかなりダークなものも多いです。でもご本人は、本当に朗らかで素敵な方なんです。だから、彼女は逆にそっちが本質だから、人間の黒い部分が興味深いんだろうなと思います。

――他の作家の作品から影響を受けるということはありますか。

それは、今に至るまでありますね。生きている限り、変わっていくものだと思っています。

他の作品を読んで何かを感じるということは、何かが変わるということです。何を読んでも何も感じなくなったら、自分の感受性が死んでいるかもと心配しなくてはいけないいんじゃないかなと思っています。

――有川さんの作品は、「正しい」と、いつも感じます。

私の作品は、私と私に共感してくれる人にとって正しいのだと思います。「世の中全ての人に好かれることはできない」と割り切っているところがあります。デビューした時の担当さんに「あなたは自分の思うままに書いたら、読者の半分を敵に回す作風です」って言われたんですよね。

私は、そんなに嫌われるものを書いているつもりはなかったので、ガツンとやられた気持ちになりました。

でも、「嫌い」と言う人に好きになってもらう努力をしても無駄だと、その時に割り切れました。

私は分かり合えない人は、載ってるOS（オペレーティングシステム）が違うんだと思っています。

「私は、私にとって好きなものを書きます。同じものを好きな方はどうぞ」ですね。

私は価値観の部分に障る人が割と多い作家だと思います。好きなものと嫌いなものがはっきりしているので……。

例えば『図書館戦争』別冊の二巻に水島というストーカーみたいなキャラクターが出てきたんですけれど、彼女の扱いについて「悪役に対して容赦がなさすぎる」という人がいるんですよ。

でも、明らかに水島が踏み外してしまったものがあるわけで、私は「踏み外してしまった人の事例」として水島を書いています。たとえば、彼女が正々堂々と手塚に告白していたら、手塚はきちんと「ありがとう、でもごめん」と断ったでしょう。それをしないで柴崎を陥れようとするのは、私は卑怯な恋の仕方だと思います。

それを「水島みたいなキャラに優しくない有川さんが嫌い」と言われても、私は「そうですか。うちのお店ではあなたの気に入る商品は商ってませんので、他所へどうぞ」と……。

価値観が合わないなら、離れるのがお互いにとって一番平和です（笑）。

映画「旅猫リポート」について

「旅猫リポート」の主人公は猫のナナです。ナナがやりたかったことが描かれているんです。

映画の撮影現場での私は、猫アシスタントでした。実家でずっと飼っていましたので、猫の扱いには慣れているというか。

猫のトレーナーの方もいたんですけど、途中から私をあてにするようになったり……。ナナをお風呂に入れるシーンでは、猫の体に付いてる泡の量が決まらなくて……。寒そうにしているナナを見たら、思わず大きな声で「泡はいらない」と叫んでいました。ナナ役の猫は、演技もすごく頑張ってくれたんですが、ああいう時も予断がないっていうのは武器だなと思いました。

猫の気を惹くために皆は、おもちゃみたいな物を動かしたり、音を鳴らしたりするんですけど、だんだん上手くいかなくなってしまって。

私が空き缶を入れていた箱を、近くに持って行ってガシャガシャ揺らしたら、聞き慣れない謎の音だったみたいで、フッと見てくれた、ということもありました。

他にも、ペンションで撮影した時には、そこにあった斧を二本借りて音を立てたり。斧は木を切るだけじゃないよ、ということです。


――作品の中で「死」を扱うこともありますよね。

私が「死」というものを意識したのは、小学四、五年生だったと思います。自分もいつかは死ぬんだと分かって、とても怖かったのを覚えています。その時の恐怖から、まだ抜け切れてない感じもするんですけれど。

今は、「死」がエンターテインメントとして氾濫しすぎているのかもしれないですね。

私は、「死」を怖いものとしては書きたくないんです。そこにある幸せを書きたいと思っています。

大切な人に、明日死に別れるとしても、それは言わなくてはいけないこととか、後悔しないかを意識してほしいです……。

逆に、生きてれば何とでもなるので……。

読者へのメッセージ

とりあえず「下駄を脱げ」と。下駄を履いている人が、若い子でも大人でも多いと思います。

「自分で言う程すごくないから」と感じます。私は裸足でとても楽です。

学がないことが自分の一番の武器だと思っています。

この間も御飯屋さんで鰊《にしん》という漢字が読めなくて「これ、何て読むんですか」って訊いちゃいましたから。

人に訊けるか訊けないかだと思うんです。訊けた方が楽です。世の中、知らないことはいっぱいあるし、知らなくて恥をかいたからって死ぬわけじゃありませんから。

今の若い子は、更に高い「竹馬」ばっかりが上手くなってる、と思うこともあります。「竹馬」は、横からパッと蹴られただけで転んでしまいますが、裸足で地面に立っていれば、そうそう転びません。

それは、自意識をどう克服するかという問題なのかもしれません。

そのためには、「自分なんて大した人間じゃないし、皆に教えてもらわなくちゃ生きていけない」ということを自覚するしかないと思います。

一般の、子育てをしているような友達は、なかなか哲学者です。自分の子どもは、「雑草」になってほしい……とか。

その友達は、「学校は、我慢を教わりに行く場所だ」とも言っていて。

私も、ある所まではそれは正しいと思っています。

でも、本当に追い込まれているかを判断する最終ラインは親が持っていてあげてほしいんです。今の親に足りないのは、そこかもしれません。

これは、学校に要求すべきなのか、親に要求すべきなのか、分からないんですけど、「世の中は決して平等じゃない」っていうことを教えてほしいです。

変な平等観は、打たれ弱い大人につながってると思うんです。

平等じゃない世の中で、上手く生きて行ってほしい。サバイバル技術というか……。

理不尽をベールに包んで、見せかけの美しさで育てるのではなく、不平等だからこそ強く生きてほしい……。

もっと早目に、世の中が平等じゃないって教えてもらってたら、ラクだったなってことが、自分にもいっぱいあるんですよ。

どなたの言葉かは忘れたんですけど、「勉強ができるもんには、できるなりの。でも、できないもんにはできないなりの、将来を考えてやるのが大人の仕事じゃないかい」というのが、いいなあと。

叶わない夢もありますから。

もし、「作家になりたいんですけど、どうしたらいいですか」と訊かれたら、「まず、普通に就職してください。そして余暇を使って書けるようにトレーニングしてください。話はそこからです」と答えます。

それは、「毎日の生活を大事にしてください」ということです。

子どもたちに質問された時には、「家族にちゃんと挨拶や話をする。学校の友達と楽しい時間を過ごす。授業の時は先生の話をきく。こういう、今の自分の一番近い所にあるものをおろそかにする人の書くものなんて誰にも届きませんよ」と話します。

本を読むのが好きな子を育ててほしいので、先生方には頑張ってもらいたいです。

（２０１８年４月）

【振り返って一言】　ナナを演じたトムは、今では家族として我が家にいます。タレント猫だったときはかなりエッジの立った猫でしたが、今はすっかり丸くなり、毎日のんびり気ままに暮らしている単なるかわいい甘えんぼ猫です。
ぼくはこの人間たちに愛されてるな〜、とトムが思ってくれていたらいいな。こっから先の我が家はトムを幸せにするための我が家です。

特別収録小説1

彼女の本棚

本書の前巻となるエッセイ集第1弾『倒れるときは前のめり』に収録されている小説「彼の本棚」。その物語と対になるストーリーが、単行本刊行時に書き下ろされました。ぜひ、響き合う2つの小説を読み比べてみてください。

ちょうどホームに滑り込んできた地下鉄は、空席もぽつぽつ残しつつ、立っている乗客もちらほらという混み具合だった。

三駅ほどなので座るまでもないかと高村文哉《たかむらふみや》は扉の脇のスペースに立った。壁にもたれてさて暇つぶしでもと鞄の中を探りつつ車内の様子にふと目を走らせる。

けしからん。

高村は眉間に皺を立てた。

乗客は老いも若きも男も女も揃いも揃ってスマホをつるつるだ。

これだけ人がいるのに、一人くらい暇をつぶすに本を開く奴はいないのか？　今日はカドタニ文庫の発売日だぞ、南野圭一《みなみのけいいち》のベストセラー『天使の死角』が待望の文庫化だ。たった六八〇円でめくるめくジェットコースターミステリをお約束なのに、なぜ買わん？

内心で不平を連ねていた高村は、はたと気づいた。

もしかして親本と文庫で印象が違ってるのか？

親本とも呼ばれる四六判単行本を文庫化する場合、親本が売れていたら文庫も同じ装丁にするのが定石だ。購買客にあのベストセラーが文庫になったぞと気づいてもらうための戦略である。だが、完全に同じミニチュアにできない事情がいくつかある。

『天使の死角』はタイトルを銀の箔押しで入れていたが、文庫にはそうした特殊印刷は使えない。文庫版はタイトルを白抜きにして親本にイメージを寄せてある。

決定したのは高村だ。先輩編集者の引き継ぎで南野圭一を担当し、この『天使の死角』文庫化が南野圭一作品の初仕事となる。

入念に刷り出し見本を確認して、親本のイメージを損なわないようにとデザインを検討したが、もしかして上手く行っていなかったのか。

居ても立ってもいられなくなり、次の駅で地下鉄を降りた。地上に出てすぐのところに大手の書店がある。

小走りに書店に向かうと、入り口で大判ポスターがお出迎えだ。「『天使の死角』待望の文庫化！　南野圭一珠玉のミステリー！」

そして特設ワゴンの中に文庫が圧倒的な物量で積まれていた。表紙の印象は文庫のカジュアル感を割り引いても親本と変わっていない。

ほっと安堵《あんど》の息をついたとき、あっと弾んだような声が自分の左側から上がった。ふとそちらを見ると、事務員風のベージュの制服を着た若い女性が『天使の死角』を一冊取るところだった。年の頃は高村と同じくらいか。

嬉しそうに本を取った彼女が呼び水になったのか、周囲で立ち読み中だった何人かが続けて手に取り、吟味を始める。高村も思わず一冊取った。

レジは彼女との間に一人入り、会計の間に見失った。――が、店を出るとまた遭遇。

ベージュの制服が軽やかな足取りで数軒隣のカフェに入っていくのを目の端で捉えた。ちょうどランチタイムのかかりだった。黒板の手書き看板の「地中海風魚介のナポリタン」が気になった。遡《さかのぼ》れば数日前に読んだ漫画で主人公が作っていたナポリタンがおいしそうだった。理由はいくつか重なったが、やはり自分の左側であっと弾んだ声が決め手だ。

高村は釣られるようにベージュの制服と同じカフェに入った。

席はベージュの制服の斜め向かいに案内された。ベージュの制服はもう注文を済ませたらしく、先ほど買った『天使の死角』と覚《おぼ》しき文庫をさっそく読みはじめている。書店のブックカバーを巻いているのが惜しいところだ。ぜひ堂々と装丁を開陳しながら読んでほしい。

高村は地中海風魚介のナポリタンを注文し、こちらはカバーなしの『天使の死角』を開いた。ゲラで飽きるほど読んだが、いやいや嘘だ全く飽きていない。冒頭わずか数行で作者のリズムに引き込まれる。

験《げん》を担ぐのは大切だ、と先輩編集者に教わっている。本を売るためにデザイン、宣伝、努力を重ねられるだけ重ねた後に、ちょっぴり験を担ぐ。神様も本を愛する者の努力にほだされて少し売行きの幣を振ってくれるかもしれない。

ふと文庫の装丁が心配になった直後に飛び込んだ書店で、やはり安定感抜群だった文庫装丁を見てほっとし、かと思ったら弾んだ声が目の前で一冊お買い上げ。これはなかなかに験がいい。自分も自腹で一冊買って特設ワゴンに弾みをつけて験担ぎ。この際、弾んだ声の持ち主が入った店で昼食を取るのも験担ぎの続きと見なしていいだろう。

料理が来るまでの待ち時間、こちらは堂々の装丁剝《む》き出しで『天使の死角』を読みふける。

ベージュのお嬢さんのほうに先にランチプレートが来た。読みふけっている態を装いつつ料理を窺うと、向こうはまきば風カルボナーラだったらしい。惜しい。料理も一緒だったら何となく役がついた感じがするのに。いやいやしかし、ベージュの制服でナポリタンはケチャップのシミが飛ばないか心配だろうし、仕方がない。

やがて、高村のほうにも地中海風魚介のナポリタンのランチプレートが来た。文庫本から目を上げると、ベージュのお嬢さんはもう食後のコーヒーだ。

さて、ここで問題です。先ほどのお嬢さんとは少し変わったところがあります、どこでしょう。

ベージュのお嬢さんのテーブルに、装丁剝き身の『天使の死角』が載っている。一体どうした気まぐれか、せっかく巻いてもらった書店のブックカバーを外したらしい。

コーヒーを一口すすってカップを置いたお嬢さんは、剝き身の『天使の死角』を読みはじめた。心なしかいたずらっぽいおすまし顔に見えるのは——さすがに自意識過剰か。

自意識がそれほど過剰でなかったと知るまで、その後一年ほどかかるのは神のみぞ知るところだが、『天使の死角』は一月を待たずに大重版がかかった。

駄目元で頻繁に立ち寄るようになったそのカフェで、やがてかなりの高確率で遭遇できるようになった。きっかけが『天使の死角』だったので、内心の呼び名はベージュのお嬢さんから天使のお嬢さんになっていた。

天使のお嬢さんは書店の近くに自社ビルを構える総合商社の社員らしい。誓って後をつけたりなどしていない、同じ制服の女性たちがビルを出入りするのを見かけただけだ。

天使のお嬢さんは割りと頻繁に件《くだん》のカフェで一人ランチをキメている。四六判や文庫などそのときどきで持っている本は違うが、ランチタイムは読書に当てているらしい。

本のセンスはかなりいい。カフェの最寄り書店で調達しているようだが、書店が思いを籠めて展開している本は大抵手に取っているようだ。――例えば、売らんかなのタレント本が山積みの横で根気強く販売されている新書など。

書店員の手書きPOPが刺さったのだろうな、と売り場のレイアウトが思い浮かんで気持ちがほころぶ。

年季の入った既刊の本を持っているときも、その作家ならそれは地味に外せないというようなタイトルを押さえている。

向こうもこちらの読んでいる本をちらと気にする。お互いカバーはかけずに剝き身だ。

俺が好きなのはこの辺りですが、どうですか。高村のほうは妻訪《つまど》いのような気持ちで剝き身だ。向こうはどうだ。好みはかなり重なっていると今までの駄目元ランデブーで摑めている。最近はもうそんなに駄目元ではない。

彼女の本棚と自分の本棚はきっと似ている。

ある日、天使のお嬢さんは、厚さが際立つ文庫を読みはじめた。その厚さが胸を射抜いた。

それも高村が手掛けた本だった。――『天使の死角』に続いて二冊目だ。面白いことは折り紙つきだが、物理的な厚さで慄《おのの》く購買客がいるのではないかと営業部で懸念されたファンタジーの大作だった。

君に届いた。まだ名前も知らない。名前を知りたい。天使ではなく君の名前を。

自分の中でリミットが決まった。彼女がその一冊を読み終えるまでに――声をかけよう。

文は散々交わしている、ブックカバーをかけない装丁の数々で。

スケジュールをやりくりして、昼食は毎日カフェに寄れるように頑張った。天使のお嬢さんは毎日少しずつ文庫を読み進めている。ゆっくり、大事に読んでいる。

減っていくページ数に反比例して何かがひたひた満ちていく。

ある日、突然溢れた。

何がいつもと違ったかと言えば、高村の荷物だ。鞄に入りきらない資料を社用の紙袋に入れていた。

高村が席についたとき、天使のお嬢さんは顔を上げた。――高村の気配で顔を上げるのはもう随分前から。

高村がテーブルに置いた荷物を見て、天使のお嬢さんは目をまん丸にした。いつものビジネスバッグと、野暮ったいデザインの社名入り紙袋。
天使のお嬢さんは、読んでいた文庫を胸の高さに上げた。装丁を高村に示すように。
高村は、その装丁を指差した。装丁を指差してから、手首を真逆に返して、自分を。
お互い席を立とうと腰を浮かせ、間合いを忙《せわ》しなくやり取りし、結局高村が立った。
名刺を渡そうと決めていた。
「その本の担当編集者です」
初めて声に出した妻訪い。
落ち着いた音色の声が高村の勇気に報いた。
名刺は持ち合わせていないんですが、と前置きして、長沢英里子《ながさわえりこ》ですと名乗った。
「あなたの作った本がとても好きです」
あなたが好きですと言われるよりも殺し文句だった。

fin.

【振り返って一言】　何年越しでしょうか、やっと「彼」が書けました。

特別収録小説2　サマーフェスタ

有川さんの故郷・高知を舞台にした〝ふるさとに恋する観光小説〟『県庁おもてなし課』。雑誌「小説 野性時代」２０１１年１月号の付録「読切文庫」に掲載された、同作のサイドストーリーです。映画「県庁おもてなし課」のＤＶＤ特典としても収録されました。

＊

高知県内に大学はあまり多くない。

四年制を狙うなら選択肢の最高峰は高知大学になるが、県の学力レベルは全国最下位を争えるレベルで、現役で地元国立大に合格できる者はほとんどいない。県内で偏差値が一番高い公立高校でも学年で数十人ばかりをようやく送り込める程度だ。地元国立に通うのは地方からやってくる学生が圧倒的多数である。他の公立もそれなりに倍率が高い。

この県で四年制大学への進学を選択すると、ほとんど自動的に県外に出ることになる。

――だから、

「これが最後のチャンスやと思って」

卒業式を間近に控えて、史貴《ふみたか》はありったけの勇気を振り絞った。

図書室のそばの中庭に呼び出した相手は同じクラスの北添《きたぞの》千佳子《ちかこ》である。

「俺、東京に進学するやいか。北添、大阪やろ？　お互い全然違う場所行くし、このまま卒業したらもう会う機会もないなるなぁと思って……」

こんなふうにくどくど回りくどく喋っている時点で――いやそもそも呼び出した時点で用件など分かり切っているはずだが、千佳子は俯いたまま顔を上げない。肩まで伸ばした髪が卵形の輪郭をカーテンのように覆っている。

自分のもたもたした口上を一体どんな顔をして聞いているのかと思うと、気がそぞろになった。

これほどあからさまな呼び出しをかけておいてまだぐすぐずしているなんて、我ながら情けない。

北添にもうんざりされそう——って、うんざりされたら余計に望みないなるやん！ と気づいて言いあぐねていた核心が口からぽんと飛び出した。

「二年で同じクラスになってから北添のこと気になっちょって」

クラス替えで取り敢えず出席番号順に割り振られた席で、史貴と千佳子は隣同士だった。話すようになったのは一学期の半ば、数学の授業中。ルーズリーフが途中で切れて、机の中に紙切れでもないかと探していると「よかったら」と千佳子が横から差し入れてくれたのである。気前のいいことに五、六枚。

授業が終わって残った分を返そうとすると、

「えいよ、次の授業で使いや」

と、そのままくれた。

高校男子が同じクラスの女子を意識するきっかけなんて、そんなもので充分だ。史貴も周りの友達も女子と付き合ったことなどなかったし、彼女がいる奴は同じ高校生でも貴族階級とされていた。

それからたまに話すようになり、席替えで席が離れたときは何となくがっかりした。席が近くないのに話しに行けるほどには親しくなれなかったので。

それでも折に触れ挨拶を交わしたり、ちょっと立ち話をしたり——千佳子の動線を読み、声をかけやすい位置に立ち回っていた努力の賜物だ。

三年は二年のクラスが持ち上がりなので進級時期にやきもきすることもなく、だらだらと惰性のような片思いは続いた。

推薦入試で東京の私大に合格を決め、後は卒業を待つばかり——という時期になって、やっと残り時間に気がついた。

今日は喋れた。今日は喋れなかった。明日は。そんなふうに、いじましく一日を数えることももうなくなる。同じ教室で何気なく姿を探すことも。

卒業して残るものは何もない——同じクラスというなけなしの関係性が失われて接点が持てるようなものは何も。卒業したら自動的に終了。

まるで駆け込みのように呼び出しをかけたのは、あまりに無力な自分の気持ちが不憫になったからかもしれない。どうせもう会えなくなるのだから恥は掻き捨てだと開き直った部分もある。

その呼び出しもドラマや漫画のように携帯でスマートに、とは行かない。史貴は女子と気軽に仲良くなれるような貴族階級の住人ではなかったし、千佳子のほうもそうだった。庶民階級の男女には携帯番号を交換するのも一大イベントで、そのイベントは当然のようにクリアできていない。

千佳子が一人になったときを見計らって「用があるき、今日の帰りに中庭まで来て」と一方的に伝えて逃げた。庶民階級は告白の段取りを整えるだけで一苦労だ。

そして千佳子は来た。応じるつもりか断るつもりかは神のみぞ知る。

「卒業しても会えたらえいにゃあと思って……もしよかったら携帯とか教えてくれんろうか」

「それって……」と千佳子が初めて顔を上げた。

「友達としてってこと？　彼女としてってこと？」

想定外の質問に、史貴は「えっ」と途方に暮れた。友達になってくださいなんて用件でわざわざこんなふうに呼び出したりしない。

「だから気になっちょったって……」

と、千佳子が抗議するように唇を尖らせた。

「気になっちょったってどんなふうに？　いいふうに？　悪いふうに？」

女子には文脈を読むという能力がないのだろうかとそのときは真剣に悩んだ。悪いふうに気になっているなんて仮定がどうしてこの状況で出てくるのだ。

好きだとか付き合ってほしいとか、決定的な言葉がなかったことを抗議されていたのだと気がついたのは、もう少し恋愛の経験値が上がった後のことである。

「北添のこと好きやき、付き合って」

追い詰められてそう口走り、お願いの形にしたほうが心証が良くなるのではとあわてて「ください」を付け足す。

すると千佳子は花がふわりと開くように笑った。

「あたしも掛水《かけみず》くんのこと好きやったき嬉しい」

生まれて初めて彼女がこんなにかわいらしく笑う女の子だったことに、天にも昇るような心地になった。


お互い進学先へ引っ越すまでの一ヶ月弱、わずかな時間を惜しむように会った。

高校生以上大学生未満という中途半端な身分では、デートなどといっても行ける先など限られている。だが、ショッピングセンターで買う当てもないものを二人で冷やかしたり、ファーストフードの店で安上がりな注文をして延々粘るだけでも楽しかった。

狭い街なので何度か一緒に出歩いていると知り合いにすぐ出くわして、友達にはあっという間にばれた。

「これから離ればなれになるっていうときに、よう付き合うにゃあ」

時節柄、羨ましがられるよりもそっちの心配のほうが先に出る。離れてお互いまったく違う生活が始まるのに続くのか、と。

「寂しいけど、まあ夏休みまでの辛抱やし」

「そうやないわや。心変わりとか……」

「俺は浮気らぁてせんもん。北添のことも信じちゅうし」

胸を張った史貴に、友達は皆一様に「やってられんわ」という顔になり「夏までに破局しろ」とひどい呪いをかけられた。

それでも友達は単なる野次馬なのでまだ気楽だ。その心配が一番根深いのは実は千佳子である。デートの度に必ず不安をぶつけられる。

「だってあたしは女子大やき心配ないけど、掛水くんは共学やいか。女の子ともたくさん知り合うろう？」

「大丈夫やって」

「そんなこと分からんわえ。東京の女の子はきっとかわいいろうし」

一度心配のループが始まると呪文を唱えるまで終わらない。

「俺は北添のことが好きやき。信じてや」

下宿に引っ越すまでに一体何度この呪文を唱えたことか。もしかすると俺から好きって聞きたいから大袈裟に心配してるんじゃないか、という疑惑もちらりとかすめる。

「何度もこういうこと言うの、けっこう恥ずかしいがやけど」

控えめに抗議してみたこともあるが、

「だって不安やき聞きたいがやもん」

拗ねた上目遣いで敢えなくカウンターだ。乞うて付き合いはじめたばかりの彼女にこんな攻撃を食らって凌げる男などいるものか。

電話をしようね、メールをしようね、夏休みにはすぐに高知に帰ってこようねと何度も約束し、桜がちらほら咲きはじめた頃に後ろ髪引かれるあまり禿げるのではないかと思うほど名残惜しくお互い知らない土地へ旅立った。

＊

ＪＲと路面電車しかない土地から一転して東京である。鉄道網の発達ぶりにパニックを起こしそうになった。

何しろ東京駅など、路線が十本近く入っているうえに新幹線のホームまであり、出口が一体いくつあるのだか。八重洲だか丸の内だか知らないが、同じ名称で中央だ南だ北だと出口を何個も設けるのは反則だ。受験のときも乗り換えで迷子になった。

下宿先は埼玉の叔母の家で、慣れていないと乗り換えが難しいかもしれないからと叔母が東京駅に迎えに来てくれる約束だったが、もう一息。鉄道文化にそもそも馴染みのない高知県民には羽田空港からモノレールを使って浜松町の乗り換えで既に難しいと気づいてほしかった。

そのうえ「銀の鈴で」と気軽に指定された待ち合わせ場所は、駅員や構内の土産物屋の店員など三人ほどを摑まえて道を訊かなくてはたどり着けなかった。

鈴のモニュメントはこぢんまりとしたガラスケースの中で、広場には待ち合わせらしい人々が溢れ返っている。モニュメント周辺には先客が何人もいるので、少し遠巻きの位置で所在なく立ち尽くす。足元には丈夫と大きさが取り柄のボストンバッグ、どこからどう見ても立派なおのぼりさんだ。

叔母が約束の時間に少し遅れて現れたときは心の底からほっとした。携帯に電話しようにも史貴の携帯ではアンテナが心許なく、さりとて電波のいい場所を探して待ち合わせの場所を離れるほど思い切りもつかなかったのである。

その日の夜、千佳子にさっそく電話を入れた。千佳子は大学の紹介で女性専用の下宿に入ったという。朝晩の賄い付きなので少人数制の寮に近いらしい。

「お風呂が共同で時間が決まっちゅうのが面倒やけど、学校から近いし……」

「どれぱぁ？」

「自転車で十五分ぱぁ」

面積およそ三〇〇平方キロの市内全域を、降っても照っても自転車で行き来する高知の高校生にとって、自転車で十五分などほんのご近所だ。

「えいにゃあ、こっち電車で一時間ばぁかかるわ」

しかし東京では電車で一時間など通勤通学の条件としては恵まれているほうだという。

「ラッシュもすごいみたいやし、げんなりやわ。早く卒業して高知に帰りたいにゃあ」

ぼやくと千佳子が吹き出した。

「まだ一日目やいか」

「だって知り合い誰っちゃあおらんし……」

入学して上手く周囲と馴染めるだろうかという不安が弱音を吐かせた。

「それに高知に帰ったらずっと一緒におれるやん」

電話の向こうで千佳子が黙り込んだ。甘えんぼになっちゅうね、とくすぐったく囁く。

「一緒におりたい。毎日会いたい。手ぇ繋ぎたい。チューしたい」

キスなんかまだ一回しかしていない。

「分かった分かった、卒業したらずーっと一緒におろうね」

高知を離れるまでは千佳子のほうが寂しがっていたのに、いざ引っ越してみると千佳子のほうが何だか余裕で大人だ。

だが、――甘えるのもけっこう気持ちがいいかも、と気がついてその日の電話では最後まで史貴が甘え役だった。


新入生オリエンテーションで何人か顔見知りもでき、その中の一人にマウンテンバイクのサークルに誘われた。

電車をほとんど使わない土地に住んでいたので東京のラッシュがこたえると話していたのがきっかけである。

じゃあ通学や移動はどうしていたんだと訊かれ、高知の高校生は市内三〇〇平方キロを自転車で縦横無尽に行き来するのだと答えたところ、「なら自転車のサークルに入らないか」という流れになった。

高知で街乗りに使っていたマウンテンバイクを引越しで持ってきていたので、付き合いがてらそのサークルに入ることになった次第である。

そんな毎日の小さなトピックも余さず千佳子と電話で話した。千佳子のほうは調理部に入ったという。

「せっかくやきお料理覚えようと思って。家では全然やってなかったき」

成り行きでサークルを決めた優柔不断な史貴に比べ、千佳子は目的意識がはっきりしている。もしも結婚したらしっかり者の奥さんになるんだろうな、などと考えて、このまま順調に付き合いが続けば結婚の可能性が一番高いのは自分だと気づいて勝手に焦った。

いや、何も今からそこまで考えてるわけじゃないけど。でも、卒業して二人とも高知に帰ったら、それまでこのまま付き合っていたら——いずれはそうなるのかなぁ、なんて。

まだチューさえ一度の分際で先走りすぎだ。

初めて彼女ができた青少年の妄想が暴走するのは致し方ないところである。

「学園祭でカフェとかやるがやって、楽しみ！　それまでに調理の係になれるばぁ上手になりたいなぁ」

「夏休みまでに上手くなってや、ちーの手料理やったら俺が一番に食べたい」

その頃には千佳子を「ちー」と呼ぶようになっていた。きっと距離が離れた埋め合わせだ。近くにいられない分、呼び合う名前を親密にしたかった。苗字じゃなかったらどんな呼び方にする？　と相談し、千佳子は友達にも呼ばれているその愛称を希望した。

千佳子のほうはシンプルに史貴と名前呼びだ。

「じゃあ、夏休みにどっかハイキングとか行こう。あたしお弁当作るき」

夏休みのささやかな約束がいくつもいくつも積み上がっていく。

会えない代わりのように声の逢瀬を毎晩重ね、高知を離れて最初の一ヶ月が過ぎた頃、遠距離恋愛に最初の障害が降りかかった。

「……親に怒られた」

「あたしも」

実家が払っている携帯電話の料金の請求である。暇さえあれば長電話をしていたツケとして、四月の請求は法外な金額になっていたらしい。

今度こんな料金になったら仕送りからさっ引く、と史貴の父親はえらい剣幕で、史貴は電話に向かってぺこぺこ謝る羽目になった。

誰とそんなに長電話してるんだと問い詰められて、とっさに友達みんなと離ればなれになったからつい、と言い訳したが、甘くふわふわした気持ちに冷水をかけられたように胸がぺちゃんとしぼんだ。

長電話の相手が千佳子だと分かったら、両親が千佳子にいい印象を持つはずなどない。付き合うのに親の意向なんてもちろん関係ないが、千佳子を悪く思われるのは嫌だった。

そして逆もまた真なり、千佳子の両親だって千佳子の電話の相手が史貴と知れば、史貴のことを良くは思うまい。

相手の家に遊びに行ったりするようなイベントがいつ発生するかは分からないが、会う前から彼女の親に嫌われている状態になるのは気が重い。

「うちも今度から一万円超えたら自腹って言われた」

千佳子の声も沈んでいる。

大学生になってすっかり大人になったような気がしていた。私服で通学するようになり、自由になるお金も増えて、高校の頃は空想上の存在でしかなかった彼女まで。

でも実態はまだまだこんなものだ。彼女との電話さえ親の紐付き、じゃあ自分で払うと言えるほどの甲斐性もない。

「電話するの、ちょっとやめたほうがえいかもしれんにゃあ」

最初からそれしかない結論にたどり着きたくなくてお互いうじうじしていたが、史貴のほうが先にそう切り出した。

寂しいけど、と付け足すと千佳子も「うん」と答えた。

日頃はできるだけメールにするようにして、電話は週に一回三十分までというルールを決める。

お互いしょげたままでその日は早めに電話を切った。

あーあ、とベッドに引っくり返る。結婚して家を出た従兄の部屋である。そのまま史貴が借りたが、実家の史貴の部屋より広くてベッドはちゃんとスプリングが入ったやつだ。

それでも自分の部屋の安いパイプベッドのほうがいい。叔父や叔母に気兼ねすることもないし、携帯料金で親に怒られることもない。それに——

高知だったら寂しさで長電話を重ねるまでもなくいつでも会える。

と、携帯にメールの着信が入った。千佳子だ。

『寂しいけど、夏休みになったらその分いっぱい遊ぼうね！』と末尾にかわいいニコニコマークがアニメーションで笑っている。

夏休みになったら会える。夏休みまでの辛抱。——高校の頃と逆だな、と急におかしくなった。

だらだらと片思いしていた頃、夏休みは嬉しい半面少しだけ憂鬱だった。クラスメイトという事務的な繋がりしかない関係では、一ヶ月以上にわたる長い休みの間、偶然以外に気になる相手と顔を合わせる方法などない。

その頃はまったく接点のない長い休みをどう凌いでいたのかもう思い出せない。

思い出せないということ自体が幸せなのだ、たとえ会えない時間のほうが長くなっても

——と、史貴は懸命に自分をごまかした。

＊

前期試験を終えるなり高知に飛んで帰った。

友達と遊ぶ約束もしていたが、まずは何より千佳子である。

ほとんど四ヶ月ぶりに会う千佳子は、何だか少し垢抜けたようだ。ちょっと大人っぽくなったような気もする――と歩きながらちらちら横顔を窺っていて気づいた。

「何か口が光っちゅう」

「あ、分かる？」と千佳子がにこにこする。

「口紅にちょっとラメが入っちゅうが。お姉ちゃんが使ってないやつくれたがよ」

千佳子の姉は確かだいぶ年が離れていて、東京の大学を卒業してそのまま東京で働いているはずだ。姉妹仲は良いらしく「あたしと違って頭がえいがよ」と千佳子の話にはよくその姉が登場する。進学先も誰に言ってもすぐ分かるくらいに名前の通った私大だった。史貴が入学した「知っている人は知っている」レベルの私大とは訳が違う。

「えいやつながで。資生堂の新しいやつで三千円くらいするき、自分じゃ絶対よう買わん。お姉ちゃんにはちょっと色が薄かったがやと」

千佳子がつけると派手ではないがきちんと色が乗っていることが分かる。

「肌にも何か塗っちゅうが？　ファ……ファンデーションとか」

「顔はおしろいだけ。お姉ちゃんが使いゆうやつは重すぎるきってくれんかった」

重いとか軽いとかの評価軸が何を表しているかさっぱり分からないが、へえーと一応は興味深そうな顔をして頷いておく。

大学の同級生にも化粧をしている女子は多いが、千佳子は化粧っ気のなかった高校生の頃のイメージがまだ強いので、急に女らしくなったようでどぎまぎした。

「ちーのお姉ちゃん、帰ってきちゅうが？」

話を逸らしがてらそう訊くと、千佳子はううんと首を横に振った。

「会社のお盆休みはもうちょっと先やき。でも大学生になったらおしゃれもせなぁいかんろうって下宿にお下がりの服らぁいろいろ送ってくれるがよ。ブランド物のバッグとかも入っちょったがで」

言いつつ千佳子は提げていた小さなバッグを掲げて見せた。生地には何やら高級そうなモノグラムが大きいパターンで入っているが、史貴にはどこのブランドなのやらさっぱり分からない。

「ルイ・ヴィトンとか？」

そこなら高知に直営店があり、オープンのときに話題になったので知っている。すると千佳子は「高すぎらぁえ」と笑った。

「お姉ちゃんかって持ってないわ」

どうやらそれよりはもう少し手の届きやすいブランドらしい。

「お姉ちゃんが初めて海外旅行に行ったとき買うたがやと。お醬油こぼして裏がちょっと染みになっちゅうがやけど、そんなに目立たんろう？」

裏返して見せてくれたバッグには、生地がベージュなのでぱっと見では分かりにくいが、持ち手の近くに醬油色の薄い染みが残っている。

「クリーニングに出したけど、ここまでしか落ちんかったって」

「これぱぁ気にならんような気がするけんどにゃあ」

「しばらくこのまま使いよったみたいやけど、今は別のを買ったきもうえいって」

「気前がえいにゃあ。俺もそんなお兄ちゃんほしいわ」

一人っ子の史貴には羨ましい環境である。通学が私服になると何かと物入りでTシャツ一枚から仕送りやバイト代をやり繰りして買わなくてはならない。実家から届く救援物資にはたまに服も入っているのだが、Ｆｒｅｓｈ！　などというダサダサのロゴがプリントされていたりするので、人並みの自意識がある青少年には着用が難しい。

実家にいたときは買い物のお供をしたときに許容範囲のデザインを選んで事なきを得ていたが、母親が独自に選ぶと値札が最優先になるらしい。できれば意味不明な救援物資の分を現金でくれ、そうでなければせめて服は無地で、と懇願しているが、今のところ改善の兆しはない。

「今になったら年の離れたお姉ちゃんのお下がりってえいなぁって思うわ。けんど、子供の頃は嫌やったで」

そう言って千佳子は笑った。

「お姉ちゃん九コ上やき服とかだいぶ流行りが違っちゅうのに、お母さんがもったいないきって出してきて着せるがよ」

「九年前のお下がりってすごいにゃあ」

「うちのお母さんって物が捨てれん人やき。普通、上の子と九年も空いたら子供の頃の服らぁてもう捨てちゅうよねえ」

そういえば、史貴の母親も史貴が子供の頃の服を行李いっぱい後生大事に置いてある。一人っ子ではお下がりにする予定など当時からなかったわけだし、無意味の見本のような備蓄だ。

「まあ、今考えると二人とも大学に行かせちゃらなぁあかんってだいぶ切り詰めちょったがかもしれんけど」

そんなところに気がつく千佳子はやっぱりしっかり者だ。そして――

「優しいにゃあ、ちーは」

思わず口に出していた。

「何よ、急に」

「親が苦労してくれゆうがをちゃんと分かっちゅうきよ」

「誉めても何にも出んで」

照れくさかったのか千佳子はおどけてそういなした。軽く尖らせた唇が口紅の淡い色を乗せて光る。

口紅をつけてるときはキスとかしても大丈夫なのかな、などと心配してみたり。

だが、帰りがけに物陰で急いでキスをしたときは、そんな心配をしたことさえすっかり忘れていた。

＊

夏の高知といえばよさこい踊りである。

戦後に徳島の阿波踊りに対抗して当時の知恵者が仕掛けた祭りだが、鳴子を持って踊りながら前に進むこと、そして曲によさこい節のメロディーが一フレーズ入っていれば後は振り付け自由という大雑把さが功を奏し、毎年盛況を誇っている。

阿波踊りはマスターするのに幼少時からの熟練が必要だが、よさこいは二ヶ月ほど練習すれば誰でも一人前に踊れる。その手軽さが人気の秘訣だろう。阿波踊りは踊るだけなら誰でも踊れるが、踊り子連《れん》のレベルが素人目にもはっきりと分かる。踊りをしっかり見せる有名連なら指の動きも足の運びも見事だが、「同じアホなら」式に楽しむことが重視の連は指の捌きがかなり怪しい。

観て見事なのは阿波踊り、上手に踊れて楽しいのはよさこいという区分が成り立つかもしれない。

「北海道に持っていかれたと思ったらあっというまに広まったもんにゃあ」

アーケード街を踊って過ぎる踊り子隊を眺め、史貴は千佳子に顔を寄せて話しかけた。先頭で音楽を流す地方車《じかたしゃ》が大音量なので、大声でないと聞こえない。

「よさこいが北海道発祥やと思われちゅうことがあるのは面白くないけどねぇ」

北海道へ渡ったのはよさこいソーランというアレンジ版だが、今では県外でよさこいというと北海道のよさこいソーランだと思っている人が多い。

「よさこいで検索かけたらよさこいソーランの公式サイトがトップに出るがは納得いかんよねぇ」

そういう千佳子は小学校三年のときからよさこいを踊っているそうで、高校の三年間も欠かさず参加したという。

「まぁ、商売は北海道のほうが巧かったきにゃあ」

よさこいソーランで商標登録を取って商業的成功まで収めてしまった北海道の主催団体に、高知県民は「まさかよさこいでお金が儲かるらぁて」と呆気に取られるばかりだった。

「高知はいっつもそうよえ、えいもんがいっぱいあるのにすっとよそに持って行かれる。惜しいことよねえ」

その無頓着さは多くの県民が憂えるところだが、さりとてどうすれば商売上手になれるのかという議論になると立ち往生してしまう。

祭りでお金儲けらぁてガツガツせいでもねぇ、となってしまう高知は、たとえよさこいソーランがなくてもよさこいの商業モデルなど未来永劫作れなかったに違いない。そして高知県民はそんな要領の悪い自分たちがそれほど嫌いじゃない。

「県民所得の最下位争いからよう抜けれんわけよなぁ」

地方車が去って遠くなっていたよさこいの音楽が、また大きく迫ってきた。見ると次のチームの地方車がやってきている。

「さっちゃんが踊りゆうチームや！」

千佳子が声を上げ、お下がりのブランドバッグからデジカメを出した。

一㎞近いアーケード街を次から次へと踊り子隊が流れてきているが、新しくやってきた地方車は大型トラックを祭の櫓《やぐら》風に装飾して生バンドを乗せている。地元に残った千佳子の友達が参加している商店街チームである。

「さっちゃんどこかなぁ、上手いき前のほうやと思うけど」

広いアーケードの両端に薄く、だが鈴なりになっている観客の前を地方車が徐行の速度でゆっくり通り過ぎていき、踊り子隊の先頭が差しかかる。

「いかん、向こう側やった！　回ろう！」

千佳子が通り過ぎた地方車を追ってアーケード端を駆けた。徐行なのですぐに追い着き、追い越す。前のチームとの途切れ目を走って渡り、反対側へ回り込む。

このいいかげんさが高知のよさこいの特色だ。アーケード街どころか交通規制をかけて踊り子隊を通らせている道路でも、チームとチームの間を縫って観客はサッと道を渡ってしまう。それが普通なので咎められることはない。

それどころか、よさこいの開催期間中でもバスを迂回運行にしない道もあり、そういう通りではバスが来るたびにチームの世話役が踊り子を片側に寄せてバスをするっと通してしまう。柔軟を通り越して、いっそテキトーと呼ばれそうな措置である。よその地方ではおいそれと真似できまい。

追い越した地方車がまた通り過ぎて、踊り子が踊り進んでくる。まずは纏《まとい》や旗《フラフ》を振っている勇壮な男衆だ。

「さっちゃん！」

地方車の大音量で聞こえるわけがないが、千佳子が呼びかけて先頭から三人目で踊っていたさっちゃんにカメラを向けた。

「さっちゃんすごい！　もうメダル取っちゅう！」

史貴の同級生でもあるさっちゃんの胸には、銀色のメダルがぴかりと光っている。

市内には競演場と演舞場が十ヶ所以上点在しており、競演場には審査員席がある。審査員が踊っている最中の踊り子たちにメダルを授与する習わしだ。踊りが上手い者や笑顔が印象的な者がもらえるとされており、審査員席の前を通るとき踊り子の笑顔は全開となり、踊りにも特に力が入るという。

もらえるメダルは一つとは限らず、本祭《ほんさい》二日目になると複数のメダルを首にかけている者も珍しくはないが、まだ一日目の午後に入ったばかりである。確かにさっそくのメダル獲得だ。

「どこでもらったがやろ」

千佳子がバッグからプリントを取り出して広げた。さっちゃんのチームのスケジュール表で、回る会場の順番と予定時間が書いてある。

「午前中に菜園場に行っちゅう。一つ目の競演場でもろうたがやね」

史貴も横からスケジュール表を覗き込んだ。

「帯屋町の次が中央公園やね。行く？」

中央公園も審査員付きの競演場の一つだ。舞台形式なので観るなら舞台の近くに寄っておいたほうがいい。

「舞台はそんなに頑張って観んでもえいかな」

舞台だと隊列が前に進めず、その場駆け足的な踊りになるので千佳子としては見応えに欠けるらしい。

「終わってからちょっと話せると思うき、舞台から捌《は》けるほうで待ちよろう」

人混みを縫うようにしてアーケードを抜け出すと、脳天を灼くような日差しが降った。足元に落ちた短い影は墨を落としたように濃い。

中央公園までは歩いて数分だ。

「この暑さでよう踊るにゃあ」

屋根付きの会場はアーケード街の演舞場だけだ。ちなみに演舞場には審査員席はない。

「よさこいのときって不思議と雨が降らんよね。通り雨とかはあるけど」

台風が直撃しそうなときでも何だかんだと降らずに保ったこともあるくらいだ。

「アーケード以外はずっと炎天下やろ。誰か倒れやせんかえ」

「でも、アーケードより外のが楽で。アーケードは風が吹かんき」

「へえ、そういうもんかえ」

史貴はよさこいに参加したことがないのでよく分からない。県内随一の祭ではあるが、すべての県民が熱心なわけでもなく、期間中は渋滞するし音もうるさいからと嫌う県民もいる。廃止してしまえと吠える者もいるほどで、この辺りの評価のばらつきもよさこいの特色かもしれない。

「たまるか、こればぁ道が混んで」「まっことよ」

声高に不満を鳴らしているオジサンの二人連れがいたが、周囲も白い目になるわけでもない。

祭りの時期に個人レベルで盛り上がるよさこい是非論も、高知の夏の風物詩の一つだ。


中央公園の競演場では踊り子が捌けてくる出口のほうで眺めていたが、

「すごい、さっちゃん二つ目！」

さっちゃんが踊りの途中で審査員に二つ目のメダルをかけられて、千佳子が大はしゃぎだった。

踊りを終えてチームが舞台を降りてくると、千佳子がさっちゃんのほうへ人混みを泳ぎ寄った。

さっちゃんのほうが先に気づいてキャアっと声を上げる。

「ちー、見よってくれたが⁉」

そして一緒に来た史貴を見て「おうおう、彼氏連れかえ」とからかった。同級生だったときはあまり喋ったことがないのでこういう形で顔を合わすのがどうにも気恥ずかしく、史貴は「どうも」と曖昧に笑った。

「さっちゃんすごいね、メダル二つもー！」

千佳子がさっちゃんの両手を取ってぴょんぴょん跳ねる。さっちゃんも「ありがとー」と一緒に跳ねた。

どうして女の子ってテンションが上がると友達同士で手を繋いだり抱き合ったりするんだろう、と史貴にとっては不思議な光景である。男同士ではまずあり得ない。

まあ、女の子同士なら目に不愉快じゃないからいいか、と勝手に納得した。

「でもまだまだ行くで！　今年は花メダルも狙うきね！」

花メダルというのは本部競演場となっている追手筋でしかもらえない特製で、メダルの周りに真っ赤な花びらが大きくあしらってある。花メダルは普通のメダルよりも格上で、踊り子の憧れの的なのだそうだ。

「そういえば、リアウィンドウにぬいぐるみと一緒に花メダル飾っちゅう車を見たことがあるわ」

「あー、あたしも取れたらそれくらいやるかも！　自分の車まだ持ってないけど！」

さっちゃんはあながち冗談でもなさそうだ。

と、他の踊り子がさっちゃんに声をかけた。少し話したさっちゃんが千佳子に向き直る。

「升形が今空いちゅうみたいやき行ってくるわ！」

そしてチームメイトたちと慌ただしく走り去っていく。升形はここから歩いても二十分ほどの距離で、路面電車を使えばすぐだ。

「空いちゅうみたいやきって、そんな適当でかまんがかえ」

史貴は首を傾げた。さっき見せてもらったスケジュール表では、升形はもっと後の予定だったはずだ。

「大体の予定は組んじょくけど、混み合ったら二時間くらい待たなぁいかんし。スタッフさんがあちこちの情報集めて、空いちゅうところを先に回ることもよくあるよ。絶対時間を動かされんがは追手筋だけやき」

追手筋だけは大規模なテレビ中継があるので、時間がかなり厳密に決まっているらしい。

「スケジュール表もらって観に行っても空振りのこともあるってことやいか」

「よくあることよえ。特に演舞場は審査がないき、どうとでも融通が利くきね」

競演場は本祭の間にすべて回らなくてはチーム審査の対象にはならないが、演舞場にはそうしたペナルティはない。

よさこいに興味がない派だった史貴には初耳の情報が多い。

「このままよさこい観るがやったら、あたしらぁも升形行ってみる？」

「升形やったら何か違うが？」

暑いので歩いて移動するのはちょっと面倒だなと思いながら訊き返すと、升形の商店街は道が広くて距離が短いからいいのだと千佳子は答えた。

「ゆったりしちゅうき踊りやすいし、ちょっとの距離やき全力で踊れるがよ。長距離やと途中でばてるき」

升形の競演場は踊り子たちにかなり人気が高いらしい。

「観るほうも短時間で次々別のチームが来るき飽きんしね」

千佳子の強いお勧めにより、途中で遅めの昼食を入れて升形までぶらぶら歩いた。

千佳子がよさこい鑑賞用に持ってきていた日傘を相合い傘にしながら、入れ替わり立ち替わりやってくる踊り子隊を眺める。踊りや衣装の好みを言い合っているだけでもかなり時間が潰せるのがよさこいのいいところだ。

「あたしも踊りたかったなぁ」

千佳子が羨ましそうに呟く。

「踊ればよかったやいか、観に行っちゃったのに」

「夏休みに入ってから帰ってきても、練習が間に合わんもん」

高校生のときはさっちゃんと同じ商店街チームだったらしい。チーム審査の入賞経験もあるほど上手なチームで、練習は二ヶ月以上前から始まるそうだ。

一緒に踊っていた他の友達も、県外進学組は練習時間が足りないので断念したという。

「卒業して高知に帰って来るまではお預けよえ」

「じゃあ卒業後のお楽しみにしちょきや」

笑いながら慰めると、千佳子がぱっと顔を輝かせた。

「卒業したら史貴も一緒に踊らん？」

「えーっ！」

意外な風向きに史貴は及び腰になった。

「俺、中学校の運動会で踊ったのが最後やもん。ちーの踊りゆうチームってレベル高いがやろ？　無理無理」

「じゃあ、もうちょっと気楽なチームでえいき。ねっ、一緒に出よう」

こうせがまれると弱い。それに、卒業後の約束は、学生の身分ながら付き合いが確かになるようで少し嬉しかった。

「分かった、じゃあ卒業したら」

「約束やで！」

千佳子が指切りの小指を出した。その細い指に史貴も自分の小指を絡める。指切りの歌を歌って最後に指を切り、離れた手をどちらからともなく繋ぐ。

手が汗ばんで熱くなるまでそのまま手を繋いでいた。

＊

九月の下旬まで続く大学の夏休みは、始まったときは永遠のような気がしたのにあっというまに過ぎ去った。

　こんなにすぐ終わってしまうならサークルの合宿旅行なんか参加しなければよかった、と八月末に一度東京へ戻って参加した旅行の一週間を惜しむ。旅行中はきちんと楽しんだのだから現金である。

　でもまぁ、たくさん会えたし、チューの数も増えたし、電話で約束していた弁当持ちのデートもしたし――卒業後の約束ができたし。ささやかなよかったを数えながら、お互い別れ難く高知を離れる。

　秋の学祭シーズンは、史貴は自転車とは何の脈絡もなく焼鳥屋でサークル出店したが、千佳子は調理部のカフェで念願の調理係こそ逃がしたものの、作り置きの焼き菓子を作る係になれたという。

　お土産用としてクッキーのセットなども作ったらしく、史貴にも自腹でいくつか買って送ってきてくれた。

　木の実だのオートミールだのが入った凝ったクッキーで、おいしかったが意外な余波も一つ。女の子の名前で荷物が送られてきたことに叔母さんがはしゃぎ、実家の母親にまで「どうやら彼女らしい」と報告したので、母親の嬉々とした電話での追及に往生した。

　前期で会えない時間の長さに少しは慣れていたのか、冬休みは意外と早く訪れた。

　クリスマスを過ぎるや世間はお正月ムード一色になり、初詣の相談などをしていたころである。

だらだら過ごしていた昼下がり、千佳子から電話で呼び出された。

「ごめん、暇やったら今からうちに来てほしいがやけど」

えっと思わず声が裏返った。

「うちって、ちーのうち？」

「他にどこよえ」

確かに他にどこの家だという話だが、彼女の家に呼ばれるという一大イベントの発生に戸惑いやあらぬ期待が吹き荒れて混乱状態である。

両親が家にいるのかいないのか、話はそれからだ。史貴も帰省してからというもの散々母親にせがまれている両親紹介イベントか、魅惑の両親不在ラブラブイベントか。

「お父さんとお母さんがさっき出かけてしもうて」

まさかの後者!?　と一気に舞い上がりそうになったところへ、

「大掃除を手伝ってほしいがよ。お姉ちゃんと二人じゃよう動かさん家具とかあるき」

「……あと五秒くらい夢を見ちょきたかったなぁ」

「何考えゆうが、バカ」

照れたように怒られてくすぐったい気持ちになった。

大掃除の最中、家具を動かしていた父親がぎっくり腰になり、母親が付き添って病院に担ぎ込まれたという。後には家具を中途半端に動かしかけて、にっちもさっちも行かない部屋が残されたらしい。

ならんがよ」

「親が帰ってくるまでにちょっとは家を片しちゃりたいがやけど、男手がないとどうにも
「分かった、すぐ行くわ」

家に上がったことはないが、デートの帰りに送ったことはある。史貴の家から自転車で二十分程度だ。

出かけようとすると母親に「お風呂掃除をしてもらおうと思っちょったのに」と文句を言われた。彼女の家の大掃除を手伝いに行くなどと口を滑らせるとたいへんなことになるので、明日やるからと宥めて家を出る。

年季の入った外観を眺めたことはあるが、家に上がるのは初めてだ。呼び鈴を鳴らすと引き戸になっている玄関がガラリと開いて千佳子が出てきた。

「ごめんで、呼び立てて。まあ上がって」

玄関は古いながらもきちんと整えられており、家を切り盛りしている人がきれい好きなことが一見して分かる。だが、上がってすぐの部屋が残念なことになっていた。ドアからソファが半分はみ出してつっかえている。

「お姉ちゃん、史貴来てくれたで！」

千佳子が奥に向かって声をかけると、千佳子によく似た女の人が顔を出した。

「初めまして、姉の佳代子《かよこ》です。ごめんねぇ、初めて彼女の家に来たのがこんなことで」

朗らかに笑う顔も千佳子にそっくりだ。そして、廊下につっかえたソファを乗り越えて

玄関先に出てくる。

「いえ、そんな……家でゴロゴロしてただけなんで」

何から手伝いましょうか、と尋ねるとやはりソファから何とかしてほしいと姉妹は口を揃えた。

ソファを乗り越えて問題の部屋に入ると、室内の家具もいろいろと動かしている途中である。家具を動かして掃除をするなんてまるで本物の大掃除みたいだ、と史貴は目を丸くした。史貴の母親は見ぬこと清しとたんすの裏などは数年来掃除をしていない。今は借家だからやらないだけ、持ち家になったら本気を出す、と本人は言い張っているが、それはどうだかという感じである。

問題のソファは、史貴が外に突き出たほうを持ち、姉妹にお尻を持ってもらう。

「傾けなぁつっかえるき、背もたれのほうに傾けるで。せえの、」

史貴が号令をかけ、細かく切り返しながらドアを抜けて玄関にソファを出す。

「すごいねえ、さすが男の子やねえ」

佳代子の誉め方がいかにも年下の男の子向けで少し気恥ずかしい。九つ下の妹と同い年の彼氏など子供にしか見えないのだろう。

「ありがとう、お姉ちゃんと二人じゃどうにもならんかったき」

「千佳、早う絨毯剝がして叩いてしまおう。戻すときも手伝ってもらわなぁいかんき」

絨毯まで剝がすなんていよいよまめだなぁと感心しつつ、ロール状に巻いた絨毯を外に出すのを申し出た。姉妹なら二人がかりだが、史貴なら一人で持てる。

千佳子が一緒に来るかなと思ったが「千佳は家具の裏をやりよって」と指示して佳代子が来た。絨毯を表の塀にかけると、中で千佳子を手伝ってやってくれと言われた。

「こき使われて彼女とろくに話もできんかったらつまらんろう?」

いたずらっぽく笑う佳代子に「すみません」と照れ笑いを返しながら部屋に戻る。

「えいお姉ちゃんやねぇ」

「うん、年が離れちゅうきすごいかわいがってくれる」

開け放してある窓から、絨毯を叩く音が聞こえてくる。お互い探るように目が合って、すばやくキスをする。

「手伝いに来てよかったァ」

おどけると、千佳子が「今日のチューは高くつくでぇ」と照れ隠しのように笑った。

「掃除機取ってくるき、良かったらハタキかけよって」

渡されたハタキを受け取って、史貴は取り敢えずカーテンレールの上からハタキをかけはじめた。


途中から佳代子も合流し、家具をちょこちょこ動かしながら掃除機と拭き掃除を終えた。表に干してあった絨毯を取り込んで敷き直し、室内の家具を元の位置に戻す。最後に玄関に出してあったソファだ。

部屋がすっきり片付くと、ちょうど二時間ほどが経っていた。

「史貴くん、ちょっとお茶でも飲んで行きや」

佳代子がそう言って台所に向かい、千佳子が「よかったらあたしの部屋見てみる？」と小首を傾げた。願ってもない。

千佳子について階段を上って行きながら、史貴は気がかりを尋ねた。

「他の部屋の掃除も残っちょったら手伝うで。お父さんは帰ってきてもようやらんろう」

佳代子の口振りではお手伝い終了の感じだったが、さっきの部屋と同じ調子でやるなら男手がないと難しい。

「ありがとう、でもあんなにしっかり掃除するがはあの部屋だけなが」

千佳子が階段を上った突き当たりのドアを開けて部屋に入る。窓際にベッドが置かれ、学習机や家具が壁際だ。お母さんにだいぶ物置にされちゅうけど、と千佳子が言うとおり、部屋の隅には衣装ケースなどが積まれている。

千佳子がベッドに腰をかけて、隣を勧めた。階下で姉がお茶を入れてくれている状態で何かイイことなど起こるわけもないのにどぎまぎする。

「あの部屋、お正月におばあちゃんが泊まるきキレイにせないかんがよ。おばあちゃんとお母さん、これやき」

言いつつ千佳子が両手の人差し指をチャンバラさせる。

「一階はけっこう細かくチェックして意地悪言うけど、足が悪いき二階にはよう上がらんがよ。やき、二階は絨毯までは剝がさんでえいが。それならお母さんとあたしらぁだけでできるき」

苦笑気味に話した千佳子が「史貴のとこってどう？」と訊いた。

「うちはまあまあ仲えいほうかなぁ。たまにお袋が愚痴こぼしゆうけど、そんなもん」

そして何の気なしに口が滑った。

「うちのお袋、ずぼらやきその辺はあんまり心配ないで」

あ、これ超先走り発言かも。と気がついて身じろぎしたが、千佳子はうんと嬉しそうに笑った。

「それなら安心」

下から佳代子の呼ぶ声がして、またすばやくキスして部屋を出た。


お茶菓子に佳代子の帰省土産だという有名な洋菓子店のお菓子が出たが、史貴にはろくに味が分からなかった。佳代子に馴れ初めなどを質問されながらのお茶だったからである。

「史貴くんは卒業したらどうするが？」

やっと無難な質問が来てほっとする。

「高知に帰ってくるつもりです」

答えて千佳子を窺うと、千佳子も嬉しそうに「卒業したら一緒によさこい踊るがやもんね」と頷いた。

そう、と佳代子がにこにこ微笑む。

居間の電話が鳴り、千佳子が席を立って取った。「ああ、お母さん。どうやったが？」

どうやら病院の診察が終わったらしい。

しばらく話した千佳子が電話を切って振り返る。

「病院めっちゃ混んじょったと。今から帰るって」

それを聞いて史貴のほうは緊張の水位が俄《にわか》に上がった。

「あの、俺……どうしょうか」

挨拶して帰ったものだろうか、と意味を含めて千佳子に訊くと、佳代子が横から答えた。

「ほんまやったら晩ご飯までおってもらえたらえいがやけど、お父さんの事情が事情やきねえ。帰ってきたらバタバタするろうし、娘の彼氏にいきなりみっともないとこ見せたくないと思うき、今度でえいがやない？」

千佳子は少し不満そうだったが、史貴のほうは拍子抜けしつつほっとした。両親に会う心の準備はしてきていない。もしかすると佳代子の助け船かな、とちらりと思った。

千佳子が途中まで送ってくれたので、自転車を押して並んで歩いた。

「せっかく会ってもらうえい機会やったのに。お父さん間が悪いわ」

「って、お父さんがぎっくり腰になってなかったら俺呼ばれてないやいか」

それはそうやけど、と千佳子が唇を尖らせる。

「そのうちまた機会があるわえ。それに正直まだ早いかなって気もするし……」

何でよ、とむくれる気配に史貴は慌てた。

「ちーも俺の親に会うとしたら緊張するやろ」

その仮定で返すと「それはまぁ」と納得した様子だ。

「お父さんが大変なときに無理して会わんでも、このまま付き合いよったらそのうち会う機会もできるわえ。お姉さんに会って予行演習はできたし」

千佳子はやっと機嫌を直し、別れ際には笑顔になった。

日の暮れかけた中を自転車で走りながら、千佳子の家にいた時間を思い返す。

両親にはまだ会っていないが、姉の佳代子は話しやすくて感じのいい人だった。

もしかすると将来あの家で結婚の挨拶をしたりするのかな、などと思うと、そんな未来も悪くないなと思えた。


手伝いの余禄は二回のキスで終わったと思っていたが、年が明けてから追加が来た。

初詣に佳代子のお下がりだという振袖を着てきた千佳子は「じゃーん!」と手提げからポチ袋を出した。

「お姉ちゃんが一緒にごはんでも食べやってお年玉奮発してくれたが!」

「マジで!」反射で一緒に喜んだが、ちょっと気も引ける。

「何か悪いような気がするなぁ」

「かまんって、お姉ちゃん毎年お年玉くれるがやき。ちょっとえいもん食べようね。屋台でお腹いっぱいにせられんで」

市内の初詣ならまずはここ、という天満宮に向かって歩きながら、千佳子は史貴に釘を刺した。

＊

二年、三年と順調に進級し、千佳子との付き合いも順調に進んだ。

友達と、とお互いの親に小さな嘘を吐きながら、二人きりの旅行もときどきするようになった。どこに行ったかより二人で行ったことのほうが大事で、遠慮なく恋人同士の営みができることはもっと大事だった。

親に会うときにちょっと後ろめたいかな、などと思いながら、親に会う機会はなかなかなかった。いつか大掃除を手伝ったときは会ってほしがっていた千佳子だが、自分も史貴の親に会うことを考えると腰が退けるらしい。

ちょっと大袈裟なような気もするし、学生のうちはまだいいか。

緊張するイベントを思うと、ついついお互い楽に流れた。気を張って相手の家を訪ねるより、気兼ねなく二人で会えるほうがいい。そうでなくても遠距離恋愛で、会える時間は少ないのだから。

そして四年目が訪れた。

史貴は高知県の公務員試験を受けた。一次試験を順調に突破し、迎える二次試験は七月下旬から八月初旬にかけてである。

二年生の頃から公務員試験を見据えて準備をしていたが、すさまじい倍率に戦う前から負けそうになる。だが自分なりに全力を出し切った。

試験を終えて迎えたよさこいは、毎年の夏と同じように千佳子と一緒に観た。卒業して高知に帰ってくるまでお預け、そう言った千佳子は当然のようにUターン希望で就職活動をしていたが、まだ結果は出ていない。よさこいもわずかな息抜きである。

観覧ポイントは毎年と同じ、千佳子お気に入りの升形だ。

升形は道が広くて距離が短いから踊りやすい。だから踊り子はみんな升形が好き。観るほうも次から次へ別のチームが回ってくるから飽きない。

初めて升形で一緒に観たとき、地元なのに詳しく知らなかった史貴にそう教えてくれた。

今年もやっぱりうだるような炎天下を次々と個性的なチームが流れてくる。

「絶対高知に帰って来ような。そんで……」

史貴は千佳子の手をぎゅっと握った。初めて二人で過ごした夏のように、それから毎年重ねた夏のように、今年も千佳子と日傘を分け合っている。

傘の下で今まで三回同じ約束を重ねた。

卒業して高知に帰ってきたら、一緒のチームで踊ろう。

千佳子は手を握り返して答えたが、汗ばむ前に手を離した。

八月末に合格通知が来た。後は意向確認と身体検査を残すのみである。

一次のときもそうだったが、二次の結果も親より早く千佳子に知らせた。

「一足先に決まったけど、待ちゆうき」

千佳子はまだ就職が決まっていない。

頑張る、と笑った千佳子の声は無理をしているのか弱々しい。だが、史貴のほうもそれ以上は追い詰めることになりそうでかける言葉を思いつかなかった。

＊

就職が決まった、と千佳子が電話をかけてきたのは学祭のシーズンである。

「やったやいか！」

声のテンションはマックスまで跳ね上がった。

「おめでとう、ほんまによかった！　どこに決まったが？」

「大阪のお菓子メーカー」

投げ出すような千佳子の声に、一瞬何を言われたのか分からなかった。

「……え、何で？」

「工場のラインやけど正社員で採ってくれるし。ゼミの教授が紹介してくれたが」

戸惑ったままぐるぐる感情が回る。出口はどこだ。

「一緒に高知に帰ろうなって言うたやいか」

「帰れんかったが！　あたしのレベルじゃ！　皆まで言わせなや！」

出会い頭に声でぶん殴られた。何で。何で俺殴られてんの。

千佳子のこんな声、聞いたことがない。

「まだ十一月やいか！　何をさっさと諦めゆうがな！」

千佳子に向かって初めてこんなに声を荒げた。

「俺はちーと一緒に高知に帰りたいと思って公務員試験かって……」

「東京の大学に行けて公務員になれるような史貴には一生分からん！」

「東京は関係ないろうが！」

「関係あるわえ！　うちの高校から東京行けた人らぁほんの一握りやいか！　頭がえい人やないと東京にはそもそも行けんが！　そのうえ公務員になれるらぁて一握り中の一握りよえ！　史貴はあたしとは階級が違う人なが、史貴にはあたしみたいなレベルが低い人間の気持ちは絶対に分からんが！」

次々決め打つ叫びは史貴を責めているのか自分を卑下しているのか、もうその二つの間に区別はないかのようだった。

「黙れや！」

高知に戻りたいと思ったのは千佳子と一緒にいたかったからなのに、それを励みにして公務員試験も突破したのに、どうしてその千佳子とこんなに罵り合っているのか。

ドアが遠慮がちにノックされ、見ると叔母さんが開けた隙間から気がかりそうに窺っている。すみませんと頭だけ下げて謝るとドアはまた静かに閉まった。

「……ちょっと落ち着こう。こっち、叔母さんが心配するき。そっちも下宿やろ」

千佳子も電話の向こうで黙り込んだ。顔が見えないのに、その沈黙から不機嫌な気配が分かる。

「就職決まらんで不安ながは分かるけど……教授の紹介って言うても工場やろ、大学まで行って工場で働かんでも。もっと頑張ればどこかえいとこが見つかるかもしれんやいか」

自分がどれほど傲慢なことを言ったのか、そのときは結局気づけなかった。

「……あたしが行きゆうがは、偏差値の低い女子大なが。求人らぁて全然ないが。新卒で事務らぁほとんどなくて、たまにあっても学内だけですごい倍率なが。応募してもよそのえい学校の学生に負けてしまうし。パートの求人とか普通に来るがで。がんばれば正社員登用もありっていうやつ。後はノルマがすっごいきつい歩合給の営業とか。やき、工場の製造でも正社員になれるらぁて、めっちゃえい条件なが」

千佳子の言い分は無理だという理由を数えて逃げているようにしか聞こえなかった。

「学校がある地元でもそんながで。Uターンらぁ全然無理。学校もよう助けてくれんし」

「別に学校に頼らんでも自分で探せばえいやいか」

「探したよ！」

千佳子がまた声を荒げて押し殺す。

「県外に出ちょったあたしの友達も、みんな高知で就職を探したわえ。でもないが。女子が一度高知を出たら、よっぽどずば抜けちゅう子やないと戻ってきて就職らぁできんが」

「やけど、就職口がまったくないわけやないろう。高知市にかって実際に三十万人も生活しゆうがやき」

「史貴は高知で就職活動をしたことがないき分からんわえ。新卒で県庁に入れるエリートやきね。公務員の面接は結婚や出産で会社に迷惑かけるがやないか、とか言われんろう」

千佳子のささくれた言葉が史貴の心もささくれさせていく。

「高知はほんまに女の子の就職先がないがよえ。新卒を採用できるような会社がそもそもないし、ちょっとの枠も縁故でほとんど埋まってしまうし。あたしばぁの何の特技もない大したことない女子は、家が商売をやりよって手伝わせてもらえるとか、親が口利きしてくれるとかやないと、パートや派遣でしか帰ってこれんが」

「別に選り好みせんでも派遣でえいやいか」

史貴のほうも言わなくていい意地悪な言葉を使ってしまう。

「取り敢えず高知に帰ってきたらえいやいか、親がおるがやき。働きながら気長に正社員の口を探せばえいろう」

「お姉ちゃんの友達もそのつもりで高知に帰ってきたけど、今でもスーパーで契約社員をやりゆうわえ」

九歳上の千佳子の姉の世代がまだ就職でつっかえているという話には、さすがに言葉を失った。それほど高知の就職は厳しいのか。

「高知だけやないわえ、田舎から出て来た大学の子、誰も自力でUターンは決まってないもん」

就職して帰れるのは縁故がある子だけよえ、と千佳子はまた投げ出す口調だ。

「しょうがないやん、真面目に勉強しよってもえい学校には行けんかったがやき。大したことない大学でも中の中にしかなれんかったがやき。高知が好きで帰りたい子はいっぱいおるけど、出来のえい子から順に採用されて、あたしらぁには順番が回らんわえ」

寒々しい千佳子の声から空っ風がぴゅうぴゅう吹いてくる。

「あたしらぁみたいに飛び抜けてない女子は、高知におりたいんなら高知を出たらいかんかったが。中途半端に大学らぁ行って採用されにくくなるよりも、高卒で就職したほうがよかったがよ」

確かに高校のときは就職組にも綿密な進路指導があった。大学だとほぼ自己責任と自助努力だ。

進学するときは大人たちの誰も地元のそんな事情は教えてくれなかった。受験を頑張れ、合格おめでとうと言われるばかりで。

並の者が高知を出たらもう帰ってこられないぞなんて誰も言わなかった。

「大阪に残れば正社員になれるが。高知に帰ったらお姉ちゃんの友達とおんなじになる」

千佳子はしっかりしていてちゃんと現実を見ている。史貴は公務員試験に落ちたときのことなんてろくすっぽ考えていなかった。落ちたらまたそのとき考えたらいい、もし就職が決まらなくても取り敢えずは実家に帰ればいい、としか。

「でも……」

先に現実を見据えている大人で正しい千佳子に、ただ一緒にいたいというだけの子供な自分がぐずぐず駄々を捏ねる。

「じゃあ、卒業したら結婚でもしてくれるが？」

ぽんと究極の解決方法を投げられて、——それじゃあそうしようと応じていたら結末は違っていたのだろうか。

「正社員の口を蹴ってまで高知に帰ってこいって言うなら、それぐらい保証してくれなぁ無理」

何の心の準備もない状態で、言い争っていた電話で突然人生の選択を委ねられて、よし来た、任せろなんて言える男は一体どれくらいいるのか。

「……そんなこと急に言われても」

口籠もったあげく、もごもごと歯切れの悪い逃げを打つのが史貴の関の山だった。

「俺かってまだ働きゆうわけやないし……働きはじめても何があるか分からんし……」

いつかそうなるのかなと考えたこともあるし、そうなったらいいなと思ったこともある。

しかし、それは漠然とした将来の話であって、今すぐ決断を下せと迫られても腰が退けるばかりだ。まだ卒論さえ終わっていないのに、内定したものの社会人になる新たな不安もあるのに、どうして今すぐ恋人の人生を引き受けることまで考えなくてはならない。

卒業したら一緒に高知に帰ろう。お互いに就職して働いて、約束していたよさこいにも一緒に出て、穏やかに順調に付き合った末に結婚のことを考えられたら。

たったそれだけのささやかな希望がどうしてこんなにままならない。

「分かった、史貴はあたしと結婚する気はないがやね」

「そうやないって！」

「だって渋りゆうやいか」

「渋りゆうわけやないけど、そんなん今すぐぐって言われたち」

現実を今すぐ迫りに来る千佳子が恐い。追及を逃れたい一心で「もうえい」と口走った。

「もう何ちゃあ言わんき。千佳子は大阪で就職したらえいやん」

千佳子はそれまで責め立てていたのが嘘のように押し黙った。長い長い沈黙の後、

「分かった。そうする」

それだけ言い残して電話は切れた。

＊

それきり電話は途絶えた。千佳子からもかけてこなかったし、史貴からもかけなかった。——かけたらまた今すぐの決断を迫られそうで。

一本の電話も一通のメールもないまま二ヶ月近くが過ぎて冬休みを迎えた。史貴は帰省したが、千佳子の予定は聞いていない。連絡がこれだけ長く途絶えたのは付き合ってから初めてで、今度は空いた時間が重荷になって連絡が億劫になった。

友達とばかり遊んでいると、彼女はどうしたと訊かれたが「今はちょっとうまく行ってなくて」とごまかした。

千佳子のほうからも連絡がないのだから、うまく行っていないのは自分だけの責任じゃない。そんな言い逃れをしながら結局冬休みは千佳子に会わずじまいで終わった。

卒論を提出し、卒業が決まっても連絡が復活することはなかった。

千佳子のほうもきっと避けているのだろう。千佳子が嫌なら仕方がない。消極的な理論武装でずるずると決着をつけることから逃げた。

実家が郊外に家を購入して引っ越し、史貴は通勤に不便なので市内に部屋を借りたが、その住所も知らせずじまいだ。付き合っていた頃は、いつか一人暮らしをしたらと二人で夢を膨らませていたのに。

県庁勤めが始まると、新しい環境の慌ただしさにまぎれて千佳子を思い出す時間も少しずつ減っていった。

そろそろ梅雨入りが聞かれる頃、県庁のよさこいチームの参加者を募る連絡網が回ってきた。県庁は昔ながらの正調よさこいでほぼ毎年出場している。一般チームは一部地銀を除いてはアレンジした踊りばかりなので、県庁と市役所は正調よさこいの保存も兼ねての参加である。

卒業したら。——蘇ったその約束は、まるで予期せぬ引っ掻き傷だ。

「あの、これ……出んでもえいですか」

希望を取りにきた先輩に訊くと、先輩は史貴が不参加を気兼ねしていると思ったらしい。

「参加は自由やき気にすることないで、希望者もけっこう多いきよ」

県庁チームは華やかな一般チームに比べて参加費が安いことと、正調よさこいが踊れることで職員の家族までを募るとかなり人気が高いのだという。

「じゃあ不参加で」

職場のイベントなのでいつかは参加するかもしれないが、少なくとも今すぐは無理だ。千佳子との約束は卒業して最初の夏のはずだった。

今年は千佳子はよさこいを観に帰ってくるのだろうか。——また升形で観ようと連絡をしてくるだろうか。胸が疼くのは不安がない混ざった期待なのか期待がない混ざった不安なのか。自分でもよく分からない。

結局千佳子から連絡はなかった。最後の電話からもう半年以上だ。今さら連絡など。

街は例年のようによさこいの是非論も含めて沸いたが、史貴は外出中に行き合う踊り子隊を横目で眺める程度で敢えて見物しなかった。——千佳子と付き合う前の自分のいつもの夏のように。

祭りが終わり、わずか二日でこんがり焼けた参加組が登庁してきた。街ではまだ後夜祭が残っているが、県庁はもう平常営業である。

参加していた同僚のよさこい話を聞きながら、――ああ、もう終わったのだな、と自然に区切りがついた。

＊

その年の年末、地元銀行で年越し用の小遣いを引き下ろしていたときのことである。

「史貴くん？」

銀行を出ようとしたところで名前を呼ばれ、一瞬体が竦《すく》んだ。史貴を名前で呼ぶ女性の声は、身内以外に千佳子だけだ。

「……ち、」

ちーと呼ぼうか千佳子と呼ぼうか。迷いながら振り返ると、千佳子ではなかった。声はそっくりだが、顔は九つ分だけ大人びている。姉の佳代子だ。

「あ……こんにちは」

自然消滅した彼女の姉にどう接したらいいのか分からず、曖昧に笑う。

「時間あったらお茶でも飲まんかえ」

用があるのでとさらりと断れたらよかったが、一瞬言葉に詰まった隙に佳代子はさっさと歩き出してしまっていた。仕方なくついていく。

「史貴くんはどうしゆうが、今」

「あ、あの……県庁に勤めてます」

どうしよう、千佳子さんとは別れたんですと切り出したほうがいいのか、このまま曖昧にしてやり過ごしたほうがいいのか。

「そうかぁ、県庁かぁ。すごいね、エリートやね」

最後の電話のときの千佳子と同じことを言われて、時間差で頬を張られたような気分になった。

「別に……ただの公務員ですけど」

不満が口調に漏れたのだろう、佳代子はごめんごめんと笑った。

「でも、イナカやと公務員は立派にエリートながで。何だかんだ言うて堅いし、みんながなりたい夢の職業やわ」

佳代子は銀行を出てすぐの路地を曲がって、悪魔の名前が店名になっている煉瓦造りの喫茶店に入った。

「コーヒー、サイフォンで淹れるきおいしいで」

勧められるままコーヒーを注文する。佳代子はセットでケーキを頼んだが、史貴のほうは物を食べるような気分ではなかった。

「千佳子は大阪で年を越すと。付き合いゆう人がおるき、一緒におりたいみたい」

コーヒーが来てからさらりと佳代子がそう言った。事情は先刻ご承知なのかと拍子抜けして、もう新しい彼氏がいるのかと更に拍子抜け。それからちょっともやもやした。——一体いつから。

卒業年度の秋、酷い電話をしたのが最後だ。それから一度も千佳子から連絡はなかった。——もしかすると、電話のときにはもう次の相手がいたのだろうか。

「誤解せんといてね。工場で知り合うた人よ」

釘を刺されて史貴は俯いた。何を考えているかよっぽど顔に出やすいらしい。

「大掃除を手伝いに来てくれたときのこと、覚えちゅう？」

はいと頷く。佳代子が一体何を思って妹の前の彼氏をお茶に誘ったのか、史貴には計りかねる。

「卒業したらどうするがって訊いたら、二人とも高知に帰ってくるって言うたろう。あのとき、この子らぁ不憫やなぁって思うたがよ」

ケーキをつついて崩しながら、佳代子は苦い笑みを閃かせた。

「千佳子が高知に戻れるわけないのにって」

かっと体温が上がったような気がした。怒りのような屈辱のような——どうしてそんな感情が湧いてくるのか分からない。もう終わったことなのに。

「あたしでもよう帰らんかったがで」

佳代子の大学は史貴よりも有名でランクも高かった。それでも駄目だったという事実に怯む。

千佳子が大阪で就職すると言ったときに、無理を数えて諦めているだけじゃないのかと苛立った。千佳子が次々突きつけてくる現実に慄《おのの》いてシッポを巻いたが、それでもどこかで千佳子は努力をせずに逃げたのだと不満に思っていた。

今にして思えばあれきり連絡が途絶えたのは、千佳子が言う現実を認めつつも、自分が間違っているとも認めていなかったせいかもしれない。

「一時期、派遣切りのことでテレビが大騒ぎしよったろう？　ニュースで観ながらあたしらぁはおかしくてたまらんかったが。都会で就職した友達も、高知に戻ってまだ正社員になれてない友達も、みんな」

佳代子は気怠そうに薄く笑う。

「この人らぁ、今さら何を騒ぎゆうが？　って。あたしらぁが大学を卒業したころから、とっくに高知では就職の口らぁなかった。企業がないき派遣らぁも元々少ないし。女の子が一回高知を出たらなかなか帰ってこれんくらい」

それは史貴にも痛いほど身に染みた。卒業したら一緒に高知に帰ろう、二人でよさこいに出よう——たったそれだけの約束が果たせず終わったほど。

「地方はずぅっと前からとっくに干上がっちょって、それが都会に届いたき大騒ぎしゆうだけやないろうかねえ。あたしらぁが喘ぎよったころはテレビはろくに取り上げげんかったやいか、故郷に戻れん女学生の話らぁ」

史貴も彼女たちの苦労に気づいていなかったという意味では同じだ。千佳子に叫ばれてもまだ親身には思っていなかった。やんわり責められているようで居心地が悪くなる。

「やき、史貴くんと千佳子も絶対続かんと思うた。卒業するとき別れるろうなって」

肩身が狭く思っているはずなのに、また苛立ちが腹の中にうねった。

「千佳子が泣きながら電話してきたとき、ああやっぱりなって」

ああ――そうか。ようやく苛立ちの尻尾を摑まえた。

大掃除を手伝いに行ったとき、史貴も千佳子も将来を疑ってなどいなかった。このままずっと気持ちを育てていけると思っていた。

そんなころから、その思いを哀れまれていたことが許せないのだ。

「やめてもらえますか、そういう言い方」

史貴は卑屈に俯いていた顔をようやく上げた。

「俺がヘタレやったき終わってしまったのは確かですけど……」

千佳子はきっとあのとき心が折れていた。あがいてもあがいても結果が出なくて、その一方で史貴は易々とUターンを決めて。早く自分もと追い詰められていた。

いきなり結婚を突きつけてきたのも、きっと本気ではなかった。長期的には本気だったのだろうが、今すぐ決めろという意味ではなかった。――何てことだろう、すっかり全部終わってからやっと正解が分かった。

大阪で就職するという千佳子の選択をきちんと肯定すればよかった。今すぐには結婚のことは考えられないけれど、お互いに働きながら今までどおり遠距離を続けようと言えばよかった。

一緒によさこいを踊る約束は、いつか結婚してからに持ち越せばよかっただけじゃないか。

最初の約束に縛られて軌道修正できなかったバカさ加減に打ちのめされる。

だが、それでも史貴は佳代子の言い分を飲み込むわけには行かなかった。幸せだった頃をかわいそうにと哀れまれたことを許したら、自分たちの恋に顔向けできない。

「俺も千佳子も真剣でした。最初から終わるつもりで付き合いよったわけやないし、俺は千佳子とのこと、絶対後悔しません」

――今は次の人と幸せにと祈るしかないけれど。

佳代子は史貴をじっと見つめて、目を伏せた。

「ありがとう。それが聞きたかった。――ごめんね」

すんなり謝られて、振り上げた拳の行き場がなくなった。いいえ、と口の中で呟いて、すっかり冷めたコーヒーをすする。苦みが強くなっていた。

今の気分にはぴったりだ。

「……千佳子の彼氏、えい人ですか」

「そうやね。少し年上やけど、千佳子を大事にしてくれゆうみたい」

それならよかった、というのは負け惜しみだろうか。

「それじゃあ……俺、これで」

財布を出そうとすると、佳代子が笑って首を横に振った。笑った顔はやっぱり千佳子に似ていて切なくなった。

「妹のえい彼氏やった子に奢らせて」

盛大な皮肉とも受け取れるが、きっと素直に受け取ったほうがお互い幸せだ。

ありがとうございますと礼を言って、史貴は先に店を出た。

本当は銀行の帰りに街で買い物をするつもりだったが、乗ってきていた自転車を自宅へ走らせた。——目が熱くて熱くてたまらない。

唇を噛んでこらえながら寒風吹きすさぶなか自転車を漕ぐ。

ワンルームの部屋に帰り着くまで堰は保った。部屋に入って戸締まりをしたとき視界が一気に滲んだ。

曖昧なまま何となく終わらせてしまっていたが、初めて千佳子を思って泣いた。

よさこいを観ずに過ごして、夏に終わった。

寒い季節を迎えて、ようやく気持ちも失恋にたどり着いたような気がした。

＊

県庁で迎えた二年目が終わる頃、携帯に千佳子からのメールが届いた。

心は少し波立ったが、ひび割れなかった。

今度、結婚することになりました。

たったその一文だけだった。それを皮肉や厭味と穿たなかった自分が少し誇らしかった。

あのときごめん。今の人と幸せです。もう気にしないで。――さよなら。千佳子の複雑に折り畳まれた気持ちが見える。

おめでとう。さよなら。

最後にそれだけ送って、史貴は千佳子のアドレスを消去した。

fin.

【振り返って一言】 自分の書いた話の中で、特に苦いほうの一篇かもしれません。派遣切りとか景気関係は都会に影響が出てから騒ぐんだよな～、と当時割と冷めた気持ちで眺めてました。とっくに「帰れなかった地方民」になっていたもので。
『旅猫リポート』でも千佳子というキャラクターが出てきますが、どうもこの名前の響きが好きらしい。他にも字は違いますが知花という名前を出したことが。ライブ派はフィーリングで名付けをするので名前被りはままあります。

文庫版のためのあとがき

お客様の中にテレホーダイをご存じの方はいらっしゃいますか!?

知っている人はインターネットを三十年は生きてきたツワモノである。どんなサービスであったかは各自手元の便利な板でググってほしい。

古い者として、今ではネットの感覚が全く変わった。良くも悪くも変わった。

この本に収録している文章を書いたときと今でも既に変わっている。この本に関連することで言えば、私は恐らく「今」であったら神戸《こうべ》のツリーに関わらなかったと思う。当時はネットにおける意見表明の公正さについて、人々に自制と自律がまだ残っていた。

ネットの力を過信濫用していたら、大衆が手にした「マスコミ」の力の信用性はやがて失われるだろうということを折に触れ書いてきたが、割とあっという間にそうなった。

だからといってツリーに対する神戸市民の意見表明の公正さが遡《さかのぼ》って失われたわけではない。今の私はネット上の意見表明的なものはスルーしがちになっているというだけの話だ。「ネットで何か燃えていたらまず退避」がもはや習性になってしまっている（当時のツリー問題は非常に理性的だったが、今は軽率な炎上が増えすぎて噴き上がらないと目に入らない有り様だ。私にとってツリーはネットに自律が残っていた時代の最後の案件だ）。

ネットの力を濫用しすぎた人類全体の罪悪である。翼を得たイカロスは調子こいて太陽に近づきすぎて死んだが、それと同じことが今ネットで全人類的に起こっているので人類はギリシャ神話の時代から一歩も進歩していない。

ギリシャ神話の時代に踏んだ轍《てつ》を、飽かず倦《う》まず現代まで踏み続けた我々人類である。人間は無謬《むびゅう》ではない、必ずどこかで何かを間違える。無謬になれると驕《おご》った者も、他人に無謬であれと迫った者も、いずれ地べたに叩《たた》きつけられる。無謬はそれほど安くはないし易くもないのだ。驕った者にも迫った者にもまあまあのツケを払わせる。

高いところから飛び下りるのは、せいぜい家の二階までにしておいたほうがいい。太陽まで上ってしまったら落ちたとき大体死ぬ。無謬という太陽に手が届くと錯覚させるのがネットの恐さである。身の丈、身の程、知って使おうインターネット。デジタル庁は標語に採用してくれていい。

人間は愚かで間違う生き物だ。だが、それを自覚して生きていくことはできる。サン《Sun》は天で、我々は地べたで生きよう。

ヤックルに乗って会いに行ったら焼け死ぬので行かない。

ところで今年きっかり五十歳になった私の夢は、何者でもない一人のババアとして死ぬことである。「有川ひろ？　そんな作家いたねえ」「まだ生きてんのかな？」という状態で世間からきれいさっぱり消えたいのである。

武田信玄《たけだしんげん》はわしが死んだら三年間は隠しておけと言い遺したというが、三十年は隠しておきたい。最終的に実在したかどうかも分からない、もしかしたら有川ひろとは複数名のプロジェクトチーム的な何かだったかもしれない、と思われるくらいが理想だ。

　まあ死ぬまでに世間からきれいさっぱり忘れられているかもしれないが、それはそれで手間なく理想に近づけてグッドだ。

　どうしてそう思うようになったかといえば、自由になりたくなったというのが一番近い。小説家としての営みを二十年ほど続けてきて、平均寿命を考えると人生の折り返し地点を越え、死という人生最後の営みくらいは個人的な営みに戻したいと思うようになった。後は愛猫を寂しがらせない生活を送りたいし、短編執筆をきっかけに沼落ちしたタカラヅカももっと観たい。家族との時間も有限だ。優先順位は猫＞タカラヅカ＞家族だ。

　五十歳を迎え、漠然とだが計画は立てはじめている。定年は年齢にするか冊数にするか。死を五十年伏せる計画のためには（期間がしれっと長引いたが気にするな）、どこかのタイミングで人前に出ることをやめなくてはならないし、出版社とのやり取りも第三者を介さねばならない。担当各位に「どこかのタイミングで消えようと思ってるので後はよきように」と言ったところ一人だけ「どこに消えても探し出します」と言った者がいたので、そいつは私の葬式に来たかったら来てもいい。だが別に来なくてもいい、好きにしろ。

　何となくの終活モードに入った今年、本が何冊か出る。読者さんにお題（物語の種）をもらって短編を書くという遊びを一昨年《おととし》からやっており、それが多分まとまる。後はこの本だ。他は分からん。なるようになる。

テケトーに生きている私のことなので、こんなことを言いつつ死ぬまでずるずる作家でいるかもしれないし、明日プロジェクトチームを軽率に解散しているかもしれない。

あと何冊本が出るかは神しか知らぬ。あなたにとって他人でしかない一作家だが、本が出たら「生きてんで」という便りである。まずは一冊、生きてんで。

有川ひろ

初出一覧

二〇一九年の抱負「ご縁を大事に」 ペンネーム変えます 産経新聞大阪版夕刊 2019年2月4日
「予想外」がいっぱい 生身の人間の思い入れ溢れた〝リアル書店〟
産経新聞大阪版夕刊 2015年12月14日
児玉清さんの遺産 ――偉大な師からの口伝、「思想」を託された 産経新聞大阪版夕刊 2016年8月8日
「子供を守る」を御旗に性的表現禁じるのは無責任 産経新聞大阪版夕刊 2017年8月14日
図書館と本の売上げの関係 有川ひろと覚しき人の『読書は未来だ!』 2015年12月25日
読書感想文廃止論、加えて 有川ひろと覚しき人の『読書は未来だ!』 2016年10月15日
心の奥底にしみついた土着のにおい 家の光 2016年5月号(稲泉連氏によるインタビュー)
ただ生きているだけ、という色彩の凄み 産経新聞大阪版夕刊 2018年5月14日
〝ノーモア二の腕〟派に厳しい昨今の日本の夏 産経新聞大阪版夕刊 2018年9月10日
『生』の字 ――宝塚で好きな光景 I&TAKARAZUKA vol.2 2019年1月

コロボックルさんへ 『豆つぶほどの小さないぬ』(佐藤さとる/講談社文庫) 同書巻末 2011年2月
「物語」の先達たちとの幸福な出会い 週刊現代 2015年10月24日号(大西展子氏によるインタビュー)
コロボックルを継いで ――佐藤さとるさんを悼む 各地方紙(共同通信配信) 2017年2月
バトンを受け継ぐあなたを待ちます 産経新聞大阪版夕刊 2017年5月8日
未来へ渡る本の世界を みちのきち 私の一冊 2018年4月

私に勇気をくれた本　『空想教室』（植松努／サンクチュアリ出版）
有川ひろと覚しき人の『読書は未来だ！』２０１５年11月29日
新井素子的共感力　『ハッピー・バースディ』（角川文庫）　同書巻末　２００５年９月
奇をてらわないまっすぐさ　『ミミズクと夜の王』（紅玉いづき／電撃文庫）　同書巻末　２００７年２月
一生ファンです、と断言できる　『ぼくんち』（西原理恵子／小学館）
有川ひろと覚しき人の『読書は未来だ！』２０１５年12月19日
那州雪絵は甘くない　『月光』（白泉社文庫）　同書巻末　２００８年７月
こんな物語を待っていた　『妖精作戦』（笹本祐一／創元ＳＦ文庫）　同書巻末　２０１１年８月
ミステリ部分、ぶっちゃけ……　『少女ノイズ』（三雲岳斗／光文社文庫）　同書巻末　２０１０年４月
論理的な「奇跡のシステム」　『詩羽のいる街』（山本弘／角川文庫）　同書巻末　２０１１年11月
じーばーとムスメが織りなす時間の円環　『梅鼠』（須藤真澄／エンターブレイン）
同書巻末　２０１０年５月
触れるものみな王道に　『草原からの使者　沙髙樓綺譚』（浅田次郎／文春文庫）　同書巻末　２０１２年１月
誉田哲也の中の少女　『武士道エイティーン』（文春文庫）　同書巻末　２０１２年２月
書店は〝小さな日常〟を取り戻せる場所　『復興の書店』（稲泉連／小学館文庫）
有川ひろと覚しき人の『読書は未来だ！』２０１６年３月11日
お料理の先生　――レシピ本各種　有川ひろと覚しき人の『読書は未来だ！』２０１５年12月３日
〝爆死覚悟〟!?　「本がいちばん好き。」新創刊文芸誌の奇跡　産経新聞大阪版夕刊　２０１６年12月５日
コミック『図書館戦争ＬＯＶＥ＆ＷＡＲ』（弓きいろ／白泉社）第一巻によせて
同書巻末　２００８年４月

「お母さんも見るよ」は巧妙なルール　産経新聞大阪版夕刊　２０１６年5月9日
数値ではなく人　有川ひろと覚しき人の『読書は未来だ！』２０１６年5月31日
災害時のＴｗｉｔｔｅｒ利用に関して　有川ひろと覚しき人の『読書は未来だ！』２０１６年4月16日
災害時のＴｗｉｔｔｅｒ利用に関して・追補　有川ひろと覚しき人の『読書は未来だ！』２０１６年4月17日
ネット時代の呪詛と言祝ぎ　有川ひろと覚しき人の『読書は未来だ！』２０１６年6月21日
同一化願望　有川ひろと覚しき人の『読書は未来だ！』２０１８年5月9日

「鎮魂」の名の下に二度と対立が起こらぬように　産経ＷＥＳＴ　２０１７年12月23日
いつか必ず時間が審判します　有川ひろと覚しき人の『読書は未来だ！』２０１７年12月23日

人生、感性、価値観、全部入り　ダ・ヴィンチ　２０１６年3月号（吉田大助氏によるインタビュー）
児玉清さんに託された「お天道様が見ている」感
知遊vol.26　２０１６年7月（佐藤宏子氏によるインタビュー）
毎日の生活を、一番近い所にあるものを大事に
教育研究 平成30（２０１８）年5月号（横山みどり氏によるインタビュー）

彼女の本棚　単行本刊行時の書き下ろし
サマーフェスタ　小説 野性時代　２０１１年1月号付録 読切文庫

単行本収録時に、一部加筆修正をしております。

カバーイラストは、土佐旅福（とさたびふく）の
「土佐の美味しい川さかな」の図案をお借りしました。

土佐旅福は、有川ひろさんの出身地・高知県で、
全国に誇りたい高知の一次産品を図柄にした
「土佐手拭い」などのグッズを展開しています。
川さかなの他にも、柚子、りゅうきゅう、ヤマモモなど
多数の柄があり、有川さんも愛用中です。

土佐旅福HP
http://waravino.theshop.jp/

本書は、二〇一九年十月に小社より刊行された
単行本を加筆修正のうえ、文庫化したものです。

倒《たお》れるときは前《まえ》のめり ふたたび

有《あり》川《かわ》ひろ

令和4年 6月25日 初版発行

発行者●堀内大示

発行●株式会社KADOKAWA
〒102-8177 東京都千代田区富士見2-13-3
電話 0570-002-301(ナビダイヤル)

角川文庫 23211

印刷所●株式会社暁印刷
製本所●本間製本株式会社

表紙画●和田三造

●お問い合わせ
https://www.kadokawa.co.jp/（「お問い合わせ」へお進みください）
※内容によっては、お答えできない場合があります。
※サポートは日本国内のみとさせていただきます。
※Japanese text only

ISBN 978-4-04-112331-7 C0195

JASRAC 出 2202624-201

角川文庫発刊に際して

角川源義

第二次世界大戦の敗北は、軍事力の敗北であった以上に、私たちの若い文化力の敗退であった。私たちの文化が戦争に対して如何に無力であり、単なるあだ花に過ぎなかったかを、私たちは身を以て体験し痛感した。西洋近代文化の摂取にとって、明治以後八十年の歳月は決して短かすぎたとは言えない。にもかかわらず、近代文化の伝統を確立し、自由な批判と柔軟な良識に富む文化層として自らを形成することに私たちは失敗して来た。そしてこれは、各層への文化の普及滲透を任務とする出版人の責任でもあった。

一九四五年以来、私たちは再び振出しに戻り、第一歩から踏み出すことを余儀なくされた。これは大きな不幸ではあるが、反面、これまでの混沌・未熟・歪曲の中にあった我が国の文化に秩序と確たる基礎を齎らすためには絶好の機会でもある。角川書店は、このような祖国の文化的危機にあたり、微力をも顧みず再建の礎石たるべき抱負と決意とをもって出発したが、ここに創立以来の念願を果すべく角川文庫を発刊する。これまで刊行されたあらゆる全集叢書文庫類の長所と短所とを検討し、古今東西の不朽の典籍を、良心的編集のもとに、廉価に、そして書架にふさわしい美本として、多くのひとびとに提供しようとする。しかし私たちは徒らに百科全書的な知識のジレッタントを作ることを目的とせず、あくまで祖国の文化に秩序と再建への道を示し、この文庫を角川書店の栄ある事業として、今後永久に継続発展せしめ、学芸と教養との殿堂として大成せんことを期したい。多くの読書子の愛情ある忠言と支持とによって、この希望と抱負とを完遂せしめられんことを願う。

一九四九年五月三日

角川文庫ベストセラー

塩の街　有川　浩

「世界とか、救ってみたくない?」。塩が世界を埋め尽くす塩害の時代。崩壊寸前の東京で暮らす男と少女に、そそのかすように囁く者が運命をもたらす。有川浩デビュー作にして、不朽の名作。

空の中　有川　浩

200X年、謎の航空機事故が相次ぎ、メーカーの担当者と生き残ったパイロットは調査のため高空へ飛ぶ。そこで彼らが出逢ったのは……? 全ての本読みが心躍らせる超弩級エンタテインメント。

海の底　有川　浩

四月。桜祭りでわく米軍横須賀基地を赤い巨大な甲殻類が襲った! 次々と人が食われる中、潜水艦へ逃げ込んだ自衛官と少年少女の運命は!? ジャンルの垣根を飛び越えたスーパーエンタテインメント!

クジラの彼　有川　浩

『浮上したら漁火がきれいだったので送ります』。それが2ヶ月ぶりのメールだった。彼女が出会った彼は潜水艦(クジラ)乗り。ふたりの恋の前には、いつも大きな海が横たわる——制服ラブコメ短編集。

図書館戦争　有川　浩
図書館戦争シリーズ①

2019年。公序良俗を乱し人権を侵害する表現を取り締まる『メディア良化法』の成立から30年。日本はメディア良化委員会と図書隊が抗争を繰り広げていた。笠原郁は、図書特殊部隊に配属されるが……。

角川文庫ベストセラー

グーグーだって猫である　全6巻　大島弓子

オオシマさんを見守り、ほかの猫にも心を配る、いつもやさしいグーグー。あなたは永遠に、私たちの心の中で"good good"な猫として生き続ける――。猫たちとの心温まる日々を描いたコミックエッセイ。

サイバラ式　西原理恵子

デビューから印税生活までの苦闘、そしてギャンブルにまみれていくまでのりえぞうを描くパーソナル・エッセイ&コミック集。メルヘン的リアリズムのコミックは西原画の原点！

ぼくんち　(上)(中)(下)　西原理恵子

ぼくのすんでいるところは山と海しかない　しずかな町で、端に行くとどんどん貧乏になる。そのいちばんはしっこがぼくの家だ――恵まれてはいない人々の心温まる家族の絆を描く、西原ワールドの真髄。

この世でいちばん大事な「カネ」の話　西原理恵子

お金の無い地獄を味わった子どもの頃。お金を稼げば自由を手に入れられることを知った駆け出し時代。お金と闘い続けて見えてきたものとは……「カネ」と「働く」の真実が分かる珠玉の人生論。

いけちゃんとぼく　西原理恵子

ある日、ぼくはいけちゃんに出会った。いけちゃんはいつもぼくのことを見てくれて、落ち込んでるとなぐさめてくれる。そんないけちゃんがぼくは大好きで……不思議な生き物・いけちゃんと少年の心の交流。

角川文庫ベストセラー

みぞれ　重松　清

思春期の悩みを抱える十代。社会に出てはじめての挫折を味わう二十代。仕事や家族の悩みも複雑になってくる三十代。そして、生きる苦みを味わう四十代——。人生折々の機微を描いた短編小説集。

みんなのうた　重松　清

夢やぶれて実家に戻ったレイコさんを待っていたのは、いつの間にかカラオケボックスの店長になっていた弟のタカツグで……。家族やふるさとの絆に、しぼんだ心が息を吹き返していく感動長編！

ファミレス (上)(下)　重松　清

妻が隠し持っていた署名入りの離婚届を発見してしまった中学校教師の宮本陽平。料理を通じた友人である、一博と康文もそれぞれ家庭の事情があって……50歳前後のオヤジ3人を待っていた運命とは？

けもの道　藤村忠寿

仕事への向き合い方、番組にかける思い、家族について、これからのこと。北海道発の人気番組「水曜どうでしょう」の名物ディレクター、〝藤やん〟こと藤村忠寿氏による、人生がちょっとラクになるエッセイ！

あの夏、二人のルカ　誉田哲也

離婚し、東京・谷中に戻ってきた沢口遥。近所の『ルーカス・ギタークラフト』という店の店主と交流する中で高校時代のある出来事を思い出し……ギターの調べに乗って、少女たちの夏が踊り出す！

角川文庫ベストセラー

高校入試　湊　かなえ

ブロードキャスト　湊　かなえ

ねこはい　南　伸坊

過ぎ去りし王国の城　宮部みゆき

ブレイブ・ストーリー (上)(中)(下)　宮部みゆき

名門公立校の入試日。試験内容がネット掲示板で実況中継されていく。遅れる学校側の対応、保護者からの糾弾、受験生たちの疑心。悪意を撒き散らすのは誰か。人間の本性をえぐり出した湊ミステリの真骨頂！

中学時代、駅伝で全国大会を目指していた圭祐は、あと少しのところで出場を逃した。高校入学後、とある理由によって競技人生を断念した圭祐は、放送部に入部。新たな居場所で再び全国を目指すことになる。

「猫を詠んだ」のではなく、猫が詠んだ俳句なので、「ねこはい」――。猫をこよなく愛する南伸坊が、猫の気持ちになって、つくりました。人気絵本『ねこはい』『ねこはいに』の合本文庫版。描き下ろしも！

早々に進学先も決まった中学三年の二月、ひょんなことから中世ヨーロッパの古城のデッサンを拾った尾垣真。やがて絵の中にアバター（分身）を描き込むことで、自分もその世界に入り込めることを突き止める。

ごく普通の小学5年生亘は、友人関係やお小遣いに悩みながらも、幸せな生活を送っていた。ある日、父から家を出てゆくと告げられる。失われた家族の日常を取り戻すため、亘は異世界への旅立ちを決意した。

角川文庫ベストセラー

老いと収納　群　ようこ

マンションの修繕に伴い、不要品の整理を決めた。壊れた物干しやラジカセ、重すぎる掃除機。物のない暮らしには憧れる。でも「あったら便利」もやめられない。老いに向かう整理の日々を綴るエッセイ集！

咳をしても一人と一匹　群　ようこ

出かけようと思えば唸り、帰ってくると騒ぐ。しおらしさの一つも見せず、女王様気取り。長年ご近所最強のネコだったしい。老ネコとなったしいとの生活を、時に辛辣に、時にユーモラスに描くエッセイ。

アイの物語　山本　弘

数百年後の未来、機械に支配された地上で出会ったひとりの青年と美しきアンドロイド。機械を憎む青年に、アンドロイドは、かつてヒトが書いた物語を読んで聞かせるのだった――機械とヒトの千夜一夜物語。

詩羽のいる街　山本　弘

ある日突然現れた詩羽という女性に一日デートを申し込まれ、街中を引きずり回される僕。お金も家もない彼女がすることとは、街の人同士を結びつけることだけ。しかし、それは、人生を変える奇跡だった……。

怪奇探偵リジー&クリスタル　山本　弘

1938年、ロサンゼルス。グラマーな美人私立探偵と、SFオタクの少女助手が、血なまぐさい不可思議な事件の数々に挑む！　型破りな謎と解決法が痛快な、キュートでエログロ満載のオカルト・ミステリ。